GERECHTIGKEIT FÜR BELLE

DIDI OVIATT

Übersetzt von
ADELHARDUS LANGE

An meine großartige Mutter Diane, danke für deine Ermutigung und Unterstützung; ohne dich wäre meine Schriftstellerei ein hoffnungsloser Fall. An die sehr talentierte Autorin TL Harty, ein besonderes Dankeschön; dieses Buch wäre ohne dich nicht das, was es ist. Und am allerwichtigsten . . . Caleb, du bist mein Fels in der Brandung und unsere Kinder sind mein Antrieb. Danke für deine Geduld und dafür, dass du meinen ganzen Scheiß über diese ganzen Jahre geduldet hast.

-Didi

KAPITEL EINS

Da ist ein schlaksiger Mann, der Mitte-vierzig aussieht und auf der kurzen, Schweißeisenbank saß, gegenüber der identischen, auf der ich meinen Nachmittag verschwende. Es ist Sonntagmittag, also ist der Amtrak-Bahnhof belebter als an regulären Wochentagen um diese Uhrzeit. Die Wochenend-reisenden kehren zurück nach Hause zu ihrem unternehmeri-schen Lebensstil. Ich komme weder irgendwoher noch gehe ich irgendwohin; ich bin bloß hier, um mir Leute anzuschauen. Das mache ich oft wenn ich Inspiration brauche.

Der Mann tappt nervös mit seinen Anzugschuhen auf dem schlammfarbenen, industriebemalten Teppich unter unseren Füßen. Er ist definitiv der ein oder anderen Sache schuldig, entweder das oder er ist vor Eile angespannt. Wie dem auch sei, er möchte der Masse auf jeden Fall entfliehen. Er ist wahr-scheinlich ein Verräter.

Ich stelle mir seine drahtigen Finger vor, so fest um den Griff eines Schlachtmessers gekniffen, dass seine Knöchel weiß werden. Das Weiß seiner scharfen, ozeanblauen Augen schaut rüber und ein leichtes Karminrot kommt über sein Gesicht.

Es ist ein einwandfreies Bild, definitiv bemerkenswert. Ich denke, ich nenne ihn Donovan. Donovan, der Exsträfling, neuerdings aus dem Gefängnis ausgebrochen, nachdem er seine Familie mit einem Messer umgebracht hatte und danach ihre verstümmelten Körper im Familiengefrierfach verstaut hat. Jap, das scheint zu passen.

Nennt mich verrückt, besessen, paranoid, verdreht, oder was auch immer, aber ich habe diese fiese Angewohnheit zu raten, welche Art Mörder eine Person sein würde . . . wenn sie tatsächlich ein Mörder sein würde natürlich. Wann immer ich jemand aus der Menge herausstechen sehe, erkenne ich es. Es hängt alles von ihrer Größe ab, die Art, sich zu bewegen, den Blick in ihren Augen. Alles hat seine Rolle und das Bild ist meistens ziemlich detailliert. Dann notiere ich meine Beobachtungen für spätere Zwecke.

Die Frau meines Vaters, Dorothy, schiebt es auf meine ‚dunkle, überaktive Vorstellungskraft, die aus dem Tod meiner Mutter resultiert.‘ Dorothy ist Therapeutin, also denkt sie natürlich, dass sie alles weiß. Meine Mutter ist vor siebzehn Jahren in einem Autounfall gestorben. Zwei Jahre danach kam Dorothy und seit jeher versucht sie, uns alle zu fixen. Ich glaube allerdings nicht, dass es sie tatsächlich interessiert; sie macht es eindeutig nur für ihr Image. Es war gar nichts dunkel an dem Tod meiner Mutter; Unfälle passieren, und das Leben ist manchmal einfach nur mies.

Dorothy ist eindeutig zu bildet wohingegen ihr einiges an gesundem Menschenverstand fehlt. Ihr sind Geld und ihr Image mehr wert als alles andere und mein Vater ist zu passiv, um sie zum Schweigen zu bringen. Ich verstehe echt nicht, warum jemand bei Sinnen dieser Frau hunderte Dollar pro Stunde zahlen würde, um ihren an den Haaren herbeigeholten Meinungen, oder ‚Hilfe‘, wie sie es nennt, zuzuhören. Selbstverständlich allerdings, sind diese Leute NICHT bei Sinnen.

Das ist wohl die Definition von Ironie schätze ich. Versteht mich nicht falsch; ich bin nicht komplett anti-Therapeuten. Man kann sie nicht alle über einen Kamm scheren. Ich war sogar selbst bei einigen Seelenklempnern. Doch hier bin ich, immer noch dauerhaft tagträumend von abscheulichen Toden.

Um das ganze noch Klischeehafter für die liebe Dorothy zu machen, wurde mein kleiner Bruder letztens für ein Medizinstudium zugelassen. Mit dreißig Jahren betreibt er gerade ein unglaubliches Comeback nach unserer problematischen Jugend. Ich warte nur darauf, dass Dorothy irgendwas darüber schwafelt, wie sein Unterbewusstsein Unfallopfer retten möchte, um den Verlust unserer Mutter auszugleichen. Das ist wirklich das einzige, das sie von sich zeigen kann, über das sie etwas weiß.

Ich habe die Details von Donovan noch nicht fertig niedergeschrieben, wie er seine blutige Kleidung in einem Gartenlagerfeuer verbrennt, als sich ein frischer, warmer Körper zu mir auf meine Bank gesellt. Er setzt sich etwas näher als mir lieb ist. Nahe genug, dass ich die Wärme von seinem Bein fühlen und ihn riechen kann. Der Geruch ist köstlich. *Hat denn keiner mehr irgendwelche Grenzen,* denke ich. Ich lasse mein langes, pechschwarzes Haar über meine Schulter fallen, sodass es mein Gesicht verbirgt. Es hilft nichts; ich kann die Fixierung seiner amüsierten Augen immer noch fühlen, ihren Weg durch mein Haarschild bahnend. Ich nehme sogar sein Lachen wahr. *Was denkt dieser Freak, wer er ist?*

„Kann ich Ihnen helfen, Sir?" frage ich, an der Kante meiner welligen Locken vorbeischauend, sodass er meine irritiert hochgezogene Braue sehen konnte, aber sonst nichts.

Er ist hübsch, sehr hübsch. *Verdammt, natürlich ist er das.* Wahrscheinlich auch noch mein Alter. Die angedeuteten Krähenfüße neben seinen aufgeregten Augen schreien frühe bis Mitte Dreißig. In solchen Momenten wünsche ich mir, dass

3

ich weniger als halb so alt aussehe, wie ich bin. Jedesmal, dass ein Mann so alt wie ich zu sein scheint, nehme ich automatisch an, dass er widerlich ist, weil er mit einer Teenagerin flirtet. Ich ziehe Pädophile wahrscheinlich schon mein ganzes Leben lang an. Ich könnte immer sofort als Schülerin durchgehen.

Ich bin mir sicher, dass ich, wenn ich in meinen Sechzigern bin, für meine weiche, olivenbraune Haut, die seit meiner Kindheit nicht gealtert ist, dankbar sein werde. Die Widergutmachung dafür, dass ich mischrassig bin, sodass ich nicht mal weiß, von woher ich genau abstamme. Es gibt mindestens fünf Generationen vor mir von gemischten Rassen von überall her. Ein paar hispanisch, ein paar irisch, ein paar italienisch . . . sogar ein bisschen griechisch. Mal ehrlich, wer weiß, welches andere Spermium sich noch in meinen Stammbaum eingeschlichen hat. Wir sehen alle unterschiedlich aus. Ich bin nicht wirklich dunkelhäutig, aber auch nicht gerade weiß und mein Bruder ist so bleich wie man irgendwie sein kann, mit feurigroten Haaren, passend zu seinen Sommersprossen.

„Kenne ich dich?" fragt der perfekt-aussehende, grenzenlose Mann.

Seine makellosen Zähne sind vollkommen zu sehen. Das Lachen wird von den tiefsten Grübchen, die ich je gesehen habe, begleitet.

„Wahrscheinlich nicht."

„Bist du sicher? Du kommst mir sehr bekannt vor."

„Nee," antworte ich murmelnd und wende meine Aufmerksamkeit zurück zum Notizbuch auf meinem Schoß. „Ich habe einfach ein gewöhnliches Gesicht," sage ich, während ich mit dem Kuli auf die Seite tippe.

„Hast du nicht."

Ich kann das Lächeln durch seine Worte hören. *Schau nicht hoch, Ahnia. Was immer du tust, gib dem Charme dieses irritierend attraktiven Fremden nicht nach.*

„Oh?" frage ich. Mein Blick hängt am Notizbuch.

„Nein, überhaupt nicht gewöhnlich. Es sind deine Augen glaube ich; das Grün ist wie Neon . . . und deine Lippen auch. Sie haben eine einzigartige Wellenform. Ich habe dich definitiv schon mal gesehen. Glaub mir; ich hab's mit Gesichtern. Vor allem mit hübschen, detaillierten wie das deine."

Okay, jetzt bin ich fasziniert. Nicht zuletzt ist sein Ansatz sehr originell. Ich blicke noch einmal um mein Haar. Ich kann es nicht wirklich kontrollieren. Es sind leichte Bartstoppeln auf seinen Wangen zu sehen und seine Frisur ist ein Wrack. Es sieht nicht danach aus, als hätte er sie gekämmt seit . . . naja, jemals. Normalerweise mag ich den ungepflegten Look nicht, aber aus einem unerklärlichen Grund sieht er an diesem Mann unwiderstehlich aus. Er sieht entspannt und sorgenfrei aus auf eine natürliche Art.

Trotz der wuscheligen Frisur sind seine Kleider sauber, sogar gebügelt. Und sein Geruch, oh mein Gott, sein Geruch. Je länger er mir so nahe sitzt, desto himmlischer erscheint er. Es ist ein frischer Geruch, wie ein leichtes Stück Seife. Nicht zu stark und überwältigend wie ihn die meisten Männer tragen, die versuchen, Mädchen an verschiedenen öffentlichen Orten wie Amtrak Bahnhöfen aufzugabeln. Ich hasse den verweilenden Aftershavegeruch, vor allem Old Spice. Davon möchte ich mir in den Mund kotzen.

Ich bin mir sicher, dass wir uns noch nie gesehen haben. Ich bin zuversichtlich, dass ich mich auch an sein Gesicht erinnern würde. Ich schaue wieder runter auf meine Seite und lese über meine Mordnotizen. Ich denke nicht, dass ich ihm eine Sekunde länger dabei zusehen kann, wie er sich das Kinn kratzt, ohne meinem Drang, mich hinüberzulehnen und an seinem Shirt zu schnuppern, nachzugeben. Einfach nur um mich in seine Frische einzubuddeln und zu versuchen herauszufinden, welches Waschzeug er benutzt. Vielleicht würde ich sogar ins Kaufhaus gehen und im Waschmittelgang herumriechen. Ich würde gerade töten um so wie er zu riechen.

„Hmmm . . ." er denkt laut mit einer tiefen, summenden Stimme, weich wie Butter.

„Hast du es raus?" frage ich trocken.

„Noch nicht. Aber mache dir keine Sorgen," schmunzelt er, „das werde ich noch. Was schreibst du da?"

Ich zeige ihm denselben irritierten Blick wie zuvor. Es werden keine Worte ausgesprochen; Ich versuche wirklich nur eine höchstmögliche Mauer zwischen uns aufzubauen. Dieser Typ ist hartnäckig. Er grinst mich wieder an, streicht mein Haar hinter meine Schulter und lehnt sich dann über meinen Schoß. Jetzt ist er noch weiter in meinem persönlichen Bereich.

Wer zur Hölle denkt er, das er ist? Ich kämpfe nicht dagegen an, weil sein Daumen gerade mein Schlüsselbein in der Bewegung berührt hat. Die überraschende Gänsehaut, die er mir gab, hat mein Radar komplett abgeschaltet. Es gab gar keinen Raum für Protest, oder überhaupt irgendwelche Worte.

Macht nichts, sobald er sich meine morbide Seite durchliest, wird er die Beine in die Hand nehmen. Es gibt keinen besseren Weg, einen Typen abzuweisen, als ihn ein paar zufällige Paragraphen darüber lesen zu lassen, wie der Mann, der uns gegenübersitzt, seine Familie mit einem Schlachtermesser brutalisiert.

Er liest die Seite und lehnt sich dann locker zurück. Eine komplett ausdruckslose Mine steht in seinem Gesicht. Mal wieder kratzt er seine Stoppeln und schaut nach vorne auf den nervösen, mageren Mann, der mit seinem Fuß auf den Boden tappt.

In jedem Moment. Ich warte geduldig mit einem Grinsen darauf, dass er aufsteht und sich davon macht. *Nichts.* Er macht nichts außer nicken und starren. Als nächstes kommt das Undenkbare. Er reicht nach meinem Notizbuch und meinem Kuli. Jegliche Reaktion, die ich von mir geben könnte, außer acht lassend, macht er sich an die Arbeit. Er fängt an, Wörter durchzustreichen und kleine leere Stellen neben das Chaos der Seite mit seinen eigenen Gedanken zu meinen Notizen zu beschreiben.

„Du lagst komplett daneben," sagt er stolz, bevor er mir die Sachen zurückgibt.

Ich schaue auf die Seite und sehe, dass er das Schlachtermesser in eine Axt verwandelt hat und den Tatort durch eine Ferienparty ausgetauscht. Er hat auch das Alter von Donovans Kindern geändert, sie älter gemacht. Ich überdenke die Veränderungen, die er vorgenommen hat und starre auf den echten Donovan, oder was auch immer sein Name sein mag. Irgendwie passt es.

„Ich weiß, viel besser, stimmt's?" verkündet mein neuer Freund.

„Aber warum?"

Er dreht mir sein Gesicht zu. Unsere gemeinsame Inspiration ist nur ein paar Meter weit weg. Er kann unser Gespräch deutlich überhören, er ist sich allerdings nicht bewusst, dass er der Mittelpunkt der Unterhaltung ist.

„Breite, starke Schultern. Es ist schwer, eine Axt zu schwingen, aber er könnte es locker."

Ich nicke; das ergibt tatsächlich Sinn.

„Warum das Alter der Kinder?"

„Graue Haare, Altersflecken, er ist älter, als du ihn gemacht hast."

„Vielleicht ist er jünger als er aussieht."

„Vielleicht ist er noch *älter* . . ." Er hebt eine wissende, skeptische Braue.

„*Hmph*. Du bist gut hier drin."

„Ich weiß, und ich habe es herausgefunden."

Jetzt hat er meine volle Aufmerksamkeit. Auch ich drehe

mich ich um, um ihn gerade anzugucken. Wir sind Zentimeter voneinander entfernt, unsere Beine aneinandergedrückt. Die Minze seines Kaugummi durchdringt die Luft um mich herum mit jedem seiner Atemzüge.

„Los," sage ich und gebe ihm grünes Licht.

Der Raum zwischen unseren Gesichtern schrumpft weiterhin und unser Blickkontakt hält ununterbrochen an. Ich erwidere sein Lächeln, aber nur mit einem Mundwinkel. *Das sollte interessant werden.*

„Ahnia Airington."

„Woher wusstest du das? Ich schwöre ich habe dich noch nie gesehen."

„Es ist dreizehn Jahre her. Du warst achtzehn, ich war zwanzig. Du bekamst einen Preis auf einer Schriftstellertagung, welche ich besucht habe. Wir haben nicht miteinander geredet, aber ich habe mich an dein Gesicht erinnert."

„Das ist lange her." Beschämt schaue ich wieder auf mein nutzloses Notizbuch runter.

Mein Freund verschränkt seine Arme auf seiner Brust und sein stolzes Lächeln sinkt auf einer Seite. Es ist weniger ein Grinsen als ein ‚hab ich doch gesagt' Blick, während er auf eine Art Erklärung wartet. Eine, die ich was das betrifft niemals geben werde. *Niemals.*

„Dein Buch war gut."

„Ich schreibe nicht mehr," fauche ich.

„Offensichtlich," sagte er, während er auf meine Notizen zeigt. „Also, warum hast du nach einem Roman aufgehört? Es war ein Bestseller, weißt du noch? Preiswürdig sogar, und das in solch einem Alter." Schon wieder kratzt er an seinen Stoppeln. „Wie haben sie dich auf der Tagung genannt? Ausnahmetalent?"

„Ich muss gehen."

Ich drücke mein Notizbuch fest an mich heran und drängle

mich durch eine Masse baldiger Amtrak-Passagiere in der Nähe des Ausgangschilds.

„Warte," ruft er von viel näher hinter mir, als ich gehofft hatte.

Meine Schulter prallt im Vorbeigehen mit der einer älteren Frau zusammen. Sie schaut sehr finster und gibt ein böses *Uff* von sich. Ich entschuldige mich nicht, aber ich kann ihn ‚Entschuldigung‘ für mich murmeln hören. Jetzt bin ich noch irritierter. Er erkennt mich aus meinen besten Jahren, ist auch Autor, hat mein Werk gelesen, ist hübsch und jetzt muss er auch noch höflich sein? Ich hasse ihn jetzt schon.

„Hey, ich wollte keine Grenzen überschreiten," spricht er über meine Schulter, während ich die Tür aufschiebe.

Eine Brise leichten Windes kommt auf mein Gesicht und bläst einen Teil meiner Haare hinter meine Schulter. Natürlich lässt er nicht locker, als ich meinen Weg durch einen dichten Parkplatz hinter dem Bahnhof bahne. Meine einzige Möglichkeit ist, vor meinem ziemlich alten Volvo stehenzubleiben, ansonsten klettert er wahrscheinlich auf den Beifahrersitz sobald ich das Auto aufschließe. Schließlich mache ich auf der Ferse kehrt, um ihn zu konfrontieren.

„Mein Leben geht dich nichts an," fauche ich und drücke mein Notizbuch noch fester an meine Brust.

Seine Wangen zeigen dieses unbeugsame Lächeln.

„Bist du immer so gemein zu deinen Fans?"

„Fan?"

Das hat mich überrascht. Ich habe das Wort „Fan" über ein Jahrzehnt lang nicht mehr gehört.

„Dein Buch war gut."

„Äähh . . . danke, schätze ich." Ich merke, wie meine Augenbrauen sich unfreiwillig in die Mitte meines Gesichts ziehen. „Also, ich muss wirklich gehen. Danke, dass Sie ein Fan sind, Herr . . .?"

Ich warte auf eine Antwort auf meine komische Art, nach seinem Namen zu fragen, aber zu meiner Überraschung lacht er mich nur an ... schon wieder.

„Herr? Wirklich? Sehe ich aus wie neunzig?"

„Oh mein Gott." Meine Augen rollen einen ganzen Kreis. „Ist auch egal."

Als ich zum zweiten Mal versuche, zu fliehen, greift er mir vorsichtig an den Ellbogen.

„Warte, entschuldige, es tut mir leid. Echt." Er schafft es nicht, sein Lachen komplett zu unterdrücken, welches weiterhin aus seiner Kehle erklingt. „Ich wollte dich nicht auslachen, wirklich nicht. Ich denke nur einfach nicht, dass mich jemals jemand so alt hat fühlen lassen. Vielleicht auch, weil du immer noch so jung aussiehst."

Er öffnet die Augen entschuldigend, bevor er über seine Worte stolpert.

„Ich meine, es tut mir leid, nochmals. Das meinte ich nicht. Du *siehst* jung aus, aber auf eine gute Art. Ich meine ... verdammt ... "

Er lässt seine Stirn in seine Hand fallen. Ich kann nur hinstarren. Ich kann nicht sagen, ob er sich über sich selbst lustig macht oder über mich. Das ist gerade schwer zu sagen, aber aus irgendeinem Grund kann ich mich nicht von ihm entfernen. Sein deutliches Stottern zusammen mit der Verlegenheit macht ihn eigentlich noch attraktiver. Dann fährt er eine Hand durch sein struppiges Haar und stößt ein verärgertes Seufzen aus.

„Ich bin Mac," bekennt er endlich.

Ich nehme seine angebotene Hand an und schüttele sie herzlich.

„Schön dich kennenzulernen Mac. Entschuldige mich nun bitte, ich würde dieses ganze Gespräch gerne vergessen."

Er räuspert den Klumpen aus seinem Hals raus und nickt

mit enttäuschtem Verständnis, beschwert sich aber nicht. Er dreht sich sogar vor mir weg. Ich fühle mich ein wenig einsam, wenn ich ihn so zurück in den Bahnhof verschwinden sehe, was komisch ist. Normalerweise fühle ich nicht viele Emotionen, egal welcher Art, um genau zu sein. Ich bin einfach nicht der emotionale Typ.

Er dreht sich nicht mehr um. Er sieht nicht mehr über seine Schulter. Er vergräbt einfach seine Hände in seine Taschen, lässt sein Kinn auf die Brust fallen und läuft davon. Das war geradezu meine merkwürdigste Begegnung auf dem Amtrak Bahnhof bis hierhin.

Das nächste Mal werde ich meine Beobachtungszeit am Einkaufszentrum verbringen, denke ich als ich endlich in mein Auto einsteige und wegfahre.

KAPITEL ZWEI

B *am Bam Bam*
„Ahnia!" schreit Tim, während er auf meiner Schlaf-
zimmertür hämmert. „Beeil dich da drin! Wir sind schon spät
dran und es ist Stoßzeit. Dorothy bekommt einen Anfall, wenn
wir nicht um sieben am Tisch sitzen."

„Wen interessiert's!?" schreie ich meinen beharrlichen
kleinen Bruder zurück an, während ich weiterhin meinen Klei-
derschrank durchwühle, um etwas zum Anziehen zu finden.
Ich bin komplett unvorbereitet und ein wenig beschämt deswe-
gen. Ich hasse alle meine Kleider und ich habe letztens
zugenommen.

Das meiste, was ich besitze, lässt mich wie ein Oompa
Loompa fühlen. Ich sehe gar nicht wie einer aus. Ich bin
eigentlich sehr durchschnittlich groß, zwischen 1,60 und 1,70
Meter mit guten Proportionen. Meine unangenehmen sieben
Kilogramm extra haften zum Großteil an meinen Hüften und
meinen Busen, was mir ermöglicht, meine Sanduhrenfigur zu
halten, egal welche Zahl die Waage anzeigt.

Der ganze Mitarbeiterstab meines Vaters wird heute abend

dasein und ich habe ihn schon genug enttäuscht. Ich will mich wirklich nicht noch unkomfortabler fühlen, als ich es eh schon tun werde, während mich jeder über meine Pläne für die Zukunft ausfragt. Ich habe in den letzten Jahren nicht viele Bücher verkauft. Mein meistverkaufter Thriller gerät langsam in Vergessenheit und das Geld, welches ich in den ersten Jahren verdient habe, geht mir rapide aus.

„*Dich* interessiert es vielleicht nicht, Ahnia. Aber ich persönlich möchte nicht ihre Beschwerden darüber hören, dass wir ihre Gefühle missachten. Sie hat die Reservierungen hierfür vor zwei Wochen getätigt, weißt du noch? Wir müssen ihr nicht noch etwas in die Hand geben, um Dad zu blamieren."

Verdammt, er hat recht.

„Ich beeil mich, versprochen. Noch zwei Minuten!"

„Das hast du vor zehn Minuten gesagt! Und dein Sofa ist übrigens echt furchtbar. Du hättest mich einfach abholen sollen, nicht andersherum. Ich wäre schon längst abgehauen."

„Dann geh doch!" schreie ich durch die Tür.

Er antwortet nicht, aber er geht auch nicht weg. Es sind immer leere Drohungen. Mein Bruder und ich waren bereits durch dick und dünn füreinander da. Er ist meine Rettung und ich bin das nervige Gewicht auf seinen Schultern, welches er aus Dickköpfigkeit nicht gehen lässt. Mein Sofa ist wirklich furchtbar; da hat er einen guten Punkt. Es ist dasselbe, das ich schon in meinen Partyjahren hatte.

Etwa drei Jahre lang habe ich wie eine Fliege gelebt. Von Bar zu Bar springend und viele Partys nach Hause bringend, zu jeder Stunde der Nacht. Es ist ein Wunder, dass ich den dauerhaft betrunkenen Wahnsinn überlebt habe. Ich bin sogar unversehrt davongekommen. Meine Möbel? Eher nicht.

Endlich entscheide ich mich für ein schwarzes Satinteil. Es ist halblang, sodass ich meine Lieblings-High-Heels zusammen mit der Pedicure, der ich mich gestern unterzogen habe, zeigen kann, trotz des schwindenden Endsaldos auf meinen monatlichen Kontoauszügen.

Satin ist ein schreckliches Textil, wenn man selbstbewusst bezüglich seiner Figur ist, aber scheiß drauf. Wenigstens sind die Seiten gebündelt, sodass mein Bäuchlein nicht so stark sichtbar ist. Ich richte das Kleid, schnalle meine Stiletts an meinem Sprunggelenk an und schmier mir schnell was aufs Gesicht. Eine letzte Runde Puder kommt drauf, eine letzte Schicht Mascara wird aufgetragen und ein dicker, samtiger Lippenstift wird sorgfältig auf seine Stelle geschmiert.

Wenn mein Körper schon unbedingt moppelig sein muss, dann kann wenigstens mein Gesicht trügerisch makellos aussehen. Dazu lässt mich der Lippenstift ansatzweise wie mein Alter aussehen, oder ich sehe aus wie ein Kind, das ihr allerbestes gibt, um alt auszusehen, um den Weg zur sofortigen Selbstzerstörung für sich zu bahnen.

Die Fahrt durch die Stadt zum Geschäft unseres Vaters läuft wie erwartet—langsam, ruhig. Wir feiern fünfundzwanzig Jahre aktiven Betrieb von Airington's Treats. Mein Vater hat den Laden mit meiner Mutter eröffnet, um sie bei ihren Kochkünsten zu ermutigen. Nach all den Jahren kann ich mir immer noch bildhaft vorstellen, wie sie barfuß herumshuffelt und kann das Wirbeln ihrer drehenden Schürze sehen, während sie der Rührschüssel in der Hand über die Fliesen tanzt, wann immer ich in die Küche meines Vaters laufe. Trotz ihrer emotionalen Probleme war meine Mutter immer am fröhlichsten, wenn gute Musik von der Anrichte schallerte, während sie am Backen war.

Dad hatte früh während der Ehe ein medizinisches Gutachten bekommen und nach jahrelangem Auf-und-Ab mit der Depression meiner Mutter hat er ihr eingeredet, einen neuen Laden zu eröffnen, um sie den Mut nicht verlieren zu

lassen. Scheinbar werden große Projekte von diesen glänzenden, lohnenswerten Therapeuten ermutigt.

Mom liebte es, Gebäck und Süßes zu machen und Dad
hatte gerade genug Geld übriggehabt, um eine äußerst unprak-
tische Investition fallenzulassen. Fünf Jahre später und sie
hatte das kleine Lokal ausgeweitet auf drei Standpunkte im
ganzen Staat. Nachdem sie gestorben war, stellte mein Vater
eine neue Managerin an, die, Wunder über Wunder, alles diese
ganze Zeit am Laufen halten konnte. Ihr Name ist Madge und
sie ist eine bittere, alte Dame mit einer rauhen Stimme.

Madge guckt immer böse und weigert sich, mit anderen
über ihr Privatleben zu sprechen. Ich liebe Madge. Dad hätte
niemand besseren auswählen können, um die Schuhe unserer
Mutter im Businessbereich zu füllen.

Insgesamt bin ich einfach froh, dass Mom und Dad das
erstaunlich erfolgreiche Lokal Airington's genannt haben statt,
wie Dad wollte, Aubrey's. Er dachte, den Laden nach ihr zu
benennen, würde es wirklich das ihre machen, aber sie lehnte
ab, so prahlerisch zu sein, das Geschäft nach sich selbst zu
nennen. Gott sei Dank. Wie komisch wäre das gewesen, jahrelang ein Geschäft zu leiten, das nach deiner toten Frau benannt
wurde? Dorothy würde das lieben, da bin ich mir sicher.

Dorothy bildet sich auf Airington's Erfolg etwas ein und
rechnet sich das Ansehen der Öffentlichkeit als Verdienst an.
Sie hat niemals in ihrem Leben einen Ofen angeschaltet oder
ein Nudelholz angefasst. Bis heute stammt jedes Rezept, das
benutzt wird, immer noch aus Moms persönlichen Kritzeleien.
Dorothy ist eine Schwindlerin und Dad ist ein Heiliger.

Das Eventcenter, welches Dorothy für Airington's fünf-
undzwanzigstes Jubiläum ausgewählt hat ist ziemlich extrava-
gant, zu viel, meiner Meinung nach. Aber wen interessiert
schon meine Meinung? Laut Dorothy bin ich lediglich eine
gescheiterte Künstlerin in einer Negativspirale in ein einsames,

armes Leben. Ich fürchte, dass sie recht haben könnte. Dad hat mir unzählige Male einen Job bei einer von Airington's Filialen angeboten, aber ich habe immer abgelehnt.

Wenn ich schon Kekse zum Mindestlohn backe, dann auf keinen Fall an meine Familie gebunden. Ich wurde einst als Naturtalent angesehen; Das sollte mir allerwenigstens erlauben, Almosen zu verweigern. *Ich brauche einfach etwas mehr Zeit, um meinen Kopf klar zu kriegen,* versuche ich mich zu überzeugen.

„Bist du für das Essen bereit?" fragt Tim, als er seinen Jeep einparkt.

Ich kann das angedeutete Mitleid in seinen Augen sehen. Er weiß genausogut wie ich, wie dieser Abend sich entwickeln wird. Jeder wird Tim umarmen und ihm für seine Errungenschaft gratulieren und ihm endlose ermutigende Worte für sein anstehendes Abenteuer an das College für Humanmedizin geben. Dann werden sie sich mir zuwenden und mich fragen, ob ich mich bereits dazu entschieden habe, ein neues Buch zu schreiben. Daraufhin werde ich mit den Achseln zucken und sie werden gekünstelte Grinsen aufsetzen, bevor sie hinter meinem Rücken mit den Augen rollen und die Köpfe beschämt hängenlassen.

„So bereit wie möglich." Mein Sarkasmus sickert durch.

„Lass sie nicht and dich ran, Ahnia." Er reicht rüber und drückt meine Hand. „Du wirst ein Buch schreiben, das noch besser ist als dein Vorheriges und dann können alle, der an dich gezweifelt hat, an ihren ganzen bösen Worten ersticken."

„Wir wissen beide, dass das wahrscheinlich niemals passieren wird."

„Warum das denn?" Er hebt eine Braue.

„Du weißt warum," murmle ich ohne Augenkontakt zuzulassen.

„Alles klar, Ahnia. Du musst den Scheiß aus deinem Kopf

bekommen und einfach das machen, wo du gut drin bist . . . schreiben."

Tim ist die einzige Person, die weiß, was wirklich passiert ist, worauf mein Bestseller basiert war. Der schmale Grat zwischen Realität, meinen Alpträumen und mein geschriebener Roman, der die Grauzone dazwischen beschreibt.

Ihr Name war Belle, und ich habe keinen einzigen Alptraum mehr gehabt, seit der Nacht, in der ich ihren Kopf mit einem abgebrochenen Rohr aus unserer Garage eingeschlagen habe. Ich kann das kalte Stahl immer noch in meiner Hand fühlen und mein Magen dreht sich um, wenn ich daran denke. In der Nacht hat mich Tim von ihrem Haus abgeholt, blutdurchtränkt, schlafwandelnd und beängstigt. Seine kleinen Hände griffen das Lenkrad des Autos unseres Vaters und sein kleines Gesicht konnte kaum über das Dashboard schauen. Es war dieselbe Nacht, in der unsere Mutter verunglückte, um nach uns Ausschau zu halten. Es war das genaue Datum, an dem meine Alpträume aufhörten und meine Tagträume anfingen.

Ich zwinge mich, wieder in die Realität zurückzukehren, ins Jetzt.

„Halt den Mund, oh großer, perfekter Mann. Auch wenn der Gedanke daran, wie Dorothy ihren Rachen festhält, während sie an meinem Erfolg stickt, mich irgendwie fröhlich macht."

„Da stimme ich dir zu," schmunzelt er. „Also, lass uns unsere Ärsche reinbewegen und Dad unterstützen. Bleib einfach bei Madge, die alte Verrückte wird so oder so jeden verscheuchen, der ein Gespräch anfangen möchte."

„Jap, das ist mein Plan."

Der Eingang ist groß mit drei Männern in Anzügen, die Jacken annehmen und sie an Haken gegenüber einer gerundeten Ecke aufhängen. Als ob wir nicht dazu fähig wären, unsere Jacken selbst aufzuhängen und ein Mann alleine nicht für den Job reicht. Ihre lächelnden Münder sind breit und ihre Willkommensgrüße sind genauso fake wie das „Gold"kettchen um mein Fußgelenk.

„Seid ihr hier für das Airington's oder das MacConall's?" fragt einer der Jackendiebe.

Sein Augenkontakt ist intensiv, sein Grinsen voller Sarkasmus und seine Pupillen sind groß. Er ist wahrscheinlich stoned, er versucht viel zu sehr, fröhlich und normal rüberzukommen während seines Jobs. Ich würde auch heimlich Drogen nehmen, wenn es mein Job wäre, Jacken aufzuhängen. Er wäre ein kreativer Mörder; das sehe ich sofort. Wahrscheinlich steckt er fleischzerfressendes Pulver in den Ärmel eines Fremden. Dann lacht er später darüber, während er jede letzte Rauchwolke aus dem Ende einer schädelförmigen Bong aufsaugt.

„Airington." Ich lächle zurück und stecke meine Hand durch den angebotenen Haken Tims Ellbogens.

„Hier entlang," sagt der junge Mann; sein Lächeln geht noch weiter zu seinen Ohren.

Wir folgen dicht hinter ihm und lassen ihn den Weg anweisen. Ein großer, steinerner Bogeneingang bahnt den Weg für einen breiten, zweiseitigen Konferenzraum. Fast ein Dutzend Cateringwagen trennen die beiden Gruppen, gemeinsam mit einer leeren Bühne, voll ausgestattet mit einer eingebauten Bar und einem DJ-Pult. Ich glaube, man kann annehmen, dass Dorothy dafür verantwortlich ist, dass es auf der Airington Seite keinen Bartender gibt, wahrscheinlich um eine Szene eines Angestellten zu vermeiden. Wen interessiert es, ob sie dabei Spaß haben würden, die Frau würde alles nur Erdenkliche tun, um zu jeder Zeit die Kontrolle zu haben.

Man würde meinen, dass sie als Therapeutin versteht, dass das Fass überläuft, wenn man es zu lange füllt. Es sieht danach aus, dass ich einen Abstecher ins Abenteuer machen werde und den Abend bei der MacConall-Feier verbringen werde.

„Kinder!" Dorothys faule Stimme ruft uns von der anderen Seite des Raumes zu.

Dad lächelt in unsere Richtung, bleibt aber anständig leise. Seine Finger sind auf der scharlachroten Tischdecke zusammengefaltet. Das stolze Schimmern in seinen Augen ist aufrichtig. Ich erschaudere bei ihrer Stimme. Man kann an ihrer Art zu reden, einer ganzen Oktave höher als normal, erkennen, dass sie sich darauf vorbereitet hat, ein Drama zu machen. Tim winkt ihr zu, bevor er eine Umarmung von Lucy entgegennimmt, eine der Bäckerinnen in Moms erstem Standort, bloß zehn Minuten Fahrt von meiner Wohnung weg.

Lucy ist jung, blond, mit gigantischen, blauen Kulleraugen und eine großartige Bäckerin. Ich zwinkere ihr verspielt zu, während sie sich im Arm halten und sie rollt instinktiv mit den Augen. Lucy ist praktisch meine einzige Freundin und ich glaube, dass sie auf Tim steht, seit sie sich das erste Mal gesehen haben. Er will allerdings nicht auf mein Drängen hören, Lucy auf ein Date einzuladen, obwohl sie ein perfekter Fang ist. Wann immer ich es anbringe, errötet er und befiehlt mir, vor meiner eigenen Tür zu kehren.

Ich schaue weg von Dorothy und ihrer perfekten Haltung mit festgesprayten Locken, die ihre Schultern kaum berühren. Ich weigere mich, an ihr Drama teilzunehmen. Stattdessen mache ich einen Schritt hinter das Schutzschild meines Bruders und Lucy und nicke ein paar Angestellten im Raum freundlich zu, während ich mich im Raum nach Madge umsehe.

Ich lächle vor mich hin, als ich sie entdecke. Sie sitzt alleine in der Ecke und starrt Dorothy von der anderen Seite unseres Teils des Eventcenters an. Dann steckt sie einer jungen Frau vom Cateringservice ein Geldbündel ein und nimmt eine Flasche Wodka von hinter ihrem Rücken.

„Ich habe Madge gefunden," flüstere ich zu Tim, nachdem er nach einer weiteren Umarmung losgelassen hat.

„Viel Glück," flüstert er zurück. „Ich setze mich zu dir, nachdem ich meine Runde gegangen bin."

„Kein Stress, halt dir die Wölfe vom Leib. Ich rette mich schon."

Tim schmunzelt nur und reicht nach meiner Hand, um sie kurz bestätigend zu drücken. Wir schauen einander an und er kneift die Augen zusammen, versuchend, meine Gedanken zu lesen, kein Zweifel.

„Sicher?" fragt er, leise genug, sodass ihn niemand anderes hören kann. „Du erscheinst mir etwas *komisch*."

„Wie meinst du *komisch*?" fordere ich tuschelnd.

„Ich weiß nicht. Normalerweise ich dir der ganze Mist egal. Aber heute verhältst du dich nervös."

Ich rolle mit den Augen und lasse ein langes, übertriebenes Seufzen raus. Überlass es Tim, jeden Aspekt des Abends zu überdenken, einschließlich meiner Nerven. Es ist erstaunlich, dass er der Jüngere ist. Immer kümmert er sich um seine total fertige, große Schwester. Er beschützt mich vor scharfer Kritik, lenkt von Dorothys Urteil ab und noch vieles mehr . . . sehr vieles mehr.

Gott, mit vierzehn hat er sogar Belles Blut vom Auto und dem Boden saubergemacht und Dad geweckt, um die Vordertür aufzumachen. Dann hat er die Polizei angelogen, dass ich mich im Badezimmer am Übergeben war, während ich in Wirklichkeit blutige Kleider von meinem bebenden Körper abpellte.

Nur die Badezimmertür trennte seine überzeugenden Lügen von meiner schrecklichen Wahrheit auf der anderen Seite. Sie hatten Belle noch nicht einmal gefunden. Sie waren hier, um uns von Mom zu berichten. Nur Tim und ich wussten, dass sie uns gesucht hat. Das muss sie. Wir haben gar nicht bemerkt, dass ihr Van in der Garage fehlte, als wir von Belles Haus zurückkehrten.

„Ich schaff das schon, wirklich," versichere ich Tim. „Vielleicht solltest du dich zu Dad setzen. Einer von uns muss es tun und ich werde den Wodka, für den Madge soeben eine Kellnerin bestochen hat, nicht mit ihr teilen können, wenn ich zu nahe an der Wächterin bin."

Tims Lachen ist ansteckend, aber es dauert nur einen Moment, bevor sein Gesichtszug sehr finster wird. Ein warnender Blick, dass ich es nicht übertreibe. Ich kichere, zeige eine huschende Hand in seine Richtung und tu mein bestes, seinen Kommentar zu ignorieren, während ich weglaufe.

„Bau keinen Scheiß, Schwesterherz." Tim nimmt mich ein wenig auf den Arm, unbeirrt der dunklen Gedanken, zu denen mein Kopf gewandert ist.

Madge zieht den Stuhl neben ihr für mich raus, aber ihr Ledergesicht verändert sich nicht. Freudig setze ich mich und schließe mich ihrer Stille an. Der Sarkasmus, den ich so sehr an Madge schätze, köchelt unter ihrer Oberfläche. Ich kann sehen, dass der Kessel kurz vorm Pfeifen ist.

Dieselbe Frau, die ihr die Alkoholflasche gegeben hat, bahnt sich wieder ihren Weg zu unserem Tisch, ein Tablett voll mit eiskalten Wasserfässern und Softdrinks balancierend. Die Gläser vor Madge und mir sind schnell mit etwas Durchsichtigem, sprudelndem befüllt, aber nur halbvoll und ohne zu fragen, was wir wollen. Ich widerspreche nicht; ich gehe davon aus, dass Madge dem Mädchen klare Anweisungen gegeben hat. Ich vertraue ihrem Urteil vollkommen. Es ist wahrscheinlich Sprite oder Tonic Water. Beides gut.

Beiläufig, und ohne zu fragen, nehme ich beide Gläser und halte sie unter den Tisch, damit Madge ihre Schmuggelware dazugeben kann. Unsere Tat bleibt unbemerkt und wir sind bereit, den nächsten Schritt in die Nacht des schwebenden Verderbens zu gehen. Ich lache und nippe.

„Ich bin froh, dass du vorbereitet bist," breche ich endlich die Stille.

„Du kennst mich," krächzt ihre rauhe Stimme, bevor sie auch einen Schluck nimmt. „Das ist ein guter Softdrink."

„Hast du vorher angerufen, oder hast du dem armen Mädchen sobald du hier warst mit dem Leben gedroht?"

„Ist der Himmel blau?"

Ihre Analogie ergibt in diesem Moment wenig Sinn, aber ich schätze ihren Konter nichtsdestotrotz. Ich lächle und wir stoßen an. Ihr Mundwinkel zuckt ein wenig, als würde sie gleich anfangen, zu lächeln. Ich stelle es mir bei ihr jedesmal anders vor, wie sie jemanden tötet, aber am Ende steht sie immer triumphierend dar mit einem stolzen, befriedigten Grinsen.

„Sieh ihn an," sage ich, während ich mein Glas in Tims Richtung bewege. „Er ist immer so ungezwungen bei solchen Sachen. Manchmal frage ich mich, ob wir überhaupt verwandt sind."

Zusammen schauen Madge und ich zu, wie mindestens eine Person pro Tisch auf die Füße kommt, um ihm zu gratulieren und ihm entweder die Hand gibt oder ihn im Vorbeilaufen umarmt. Er kennt sie alle bei Namen und redet kurz aber authentisch mit jeder Person, der er begegnet. Madge stößt kratzige Luft der Verärgernis aus und zieht die Schultern zu den Ohren hoch.

„Du bist schlauer."

„Ich bin gescheitert—er geht auf das College für Humanmedizin. Wie viele von diesen Flaschen hast du hergeschmuggelt, bevor ich da war?"

„Nah, er bewirbt sich einfach. Du bist trotzdem schlauer."

Madge ignoriert meine Frage, wie immer. Sie redet wirklich nur, worüber sie will, wann sie will. Wenn das Thema oder auch nur das Anschneiden davon nicht in ihren momentanen Gedankenprozess passt, wird es beiseitegeschoben. Es funktioniert immer, egal mit wem sie redet. Alle Gespräche verlaufen so, wie Madge es will, Punkt. Ich wünsche, ich wäre so beharrlich wie sie.

Tim setzt sich neben Dad. Beide ihrer Gesichter schauen sofort in meine Richtung. Riesiges Gegrinse ist auf ihren Gesichtern zu sehen. Ich erwidere die Geste und winke ihnen zu. Dorothy, die provisorisch auf der anderen Seite von Dad sitzt, schaut runter, als sie die Bindung der Familie wahrnimmt, eine Bindung, die sie komplett ausschließt. Die zwei geben mir beide ihre volle Aufmerksamkeit von der anderen Seite des Raumes, während sie keinen Meter entfernt ist, niemals.

Sie bringt sich auf die Füße, richtet ihren teuren, marineblauen Hosenanzug mit ihren Handflächen und beginnt dann, mit einem Löffel gegen ihr Shirley Temple Glas zu klopfen. Sie hält es in die Luft, wie es in Filmen gemacht wird, aber auch nur in Filmen. Manchmal frage ich mich, in was für einer Fantasiewelt sie lebt.

Der Raum wird still und alle Augen sind nun auf Dorothy gerichtet. Sie räuspert sich unnötigerweise, bevor sie anfängt, zu reden.

„Danke, dass ihr alle gekommen seid. Wie viele ihr seid!"

Alle klatschen, manche enthusiastischer als andere. Dorothy nickt und grinst, den Applaus absorbierend, wie ein feuchter Schwamm auf verschüttetem Wasser. Sie hat einen vollen, zufriedenen Blick auf ihrem Gesicht, als wäre das Klatschen tatsächlich an sie persönlich gerichtet. Es würde mich nicht überraschen, wenn überfließendes Wasser aus ihren Ohren spritzen würde.

„Als ersten geschäftlichen Punkt, würden Damian und ich

uns gerne bei euch allen für ein weiteres wundervolles, erfolgreiches Jahr für Airington's Treats bedanken."

Dorothy hebt ihre Hände und leitet die zweite Runde Applaus selbst ein. Ich schaue meinen Dad genau an. Stolz erfüllt sein Gesicht, als er durch den Raum schaut. Man sieht es an seinen wässrigen Augen und dem Schürzen seiner Lippen. Seine Stirn ist unter seinem dünnen Haar zu ein paar Falten erhoben. Er sieht aus wie ein Mann seines Alters.

Ich sehe zu, wie er seine Hände langsam auf dem Tisch zusammenfaltet. Er applaudiert nicht mit, nimmt den Applaus aber bescheiden entgegen. Jedes Jahr bei der Jubiläumsfeier setze ich mich so weit wie möglich weg von Dorothy und erlaube mir, mich nach Mom zu sehnen.

Zwei Leute starben in *der* Nacht und beide wegen mir. Ich wünsche, ich würde nicht schlafwandeln und ich wünsche, ich könnte mich genau an das erinnern, was in dem Nebel der dunklen Nacht passiert ist. Am allermeisten wünsche ich mir, dass Mom hier wäre, um zu sehen, wie ihr Business aufblüht. Airington's Treats war ihr Baby, nur mir und Tim untergeordnet. Sie liebte es, zu backen und sie liebte das Lokal. Ich kann mir leider nur ausmalen, wie sie die Dankbarkeitsrede in einem Raum voller zufriedenen Angestellten gibt anstelle von Dorothy.

Ich blende den Rest von Dorothys Gebrabbel aus als zwei bekannte Gesichter meine Aufmerksamkeit auf sich ziehen. Mein Herz rutscht rasant in meine Hose und bleibt da. Auf der MacConall Seite des Eventcenters finden ganz andere Ereignisse statt. Auch da gibt es eine Applausrunde, aber in der entfernten Ecke ihres Raumes. Zum Glück nimmt es Dads Party nichts in irgendeiner Art. Ich bin immer noch abgelenkt wegen *ihnen*. Ich kann nicht ganz hören, was sie sagen, aber das muss ich auch nicht.

Es braucht ein paar Anläufe, bis ich den Brocken in

meinem Hals schlucken kann, als bekanntes Gesicht Nummer eins sich hinkniet. Er hält eine Samtschachtel hoch mit einem glänzenden Stein auf einem silbernen Ring. Er ist in die Richtung von bekanntem Gesicht Nummer zwei gerichtet. Bloß ist Nummer zwei nicht bekannt, weil ich sie kenne. Sie ist bekannt, weil sie genau wie ich aussieht.

Wir haben identische, neongrüne Augen, die von Weitem herausstechen. Ihre Lippen spitzen sich exakt wie meine. Ihr Haar ist lang, dick und schwarz, ungezähmt über eine Schulter hängend. Die Ähnlichkeit zwischen dieser Frau und mir ist schwindelerregend.

Ich schaue mir *sie* genau an, komplett abwesend von Dorothy und der Party, bei der meine Aufmerksamkeit eigentlich sein sollte, aber das geht nicht. Meine Gedanken rasen, bis es aufhört und der einzige verständliche Gedanke in meinem Hirn ist, *Scheiße, nein!* Mein Doppelgänger weint, nickt mit dem Kopf und lässt den Mann den glänzenden Ring an ihren Finger stecken. Dann steht er auf und hüllt sie in seine Arme ein für eine Umarmung und Drehung.

Sobald ihre Füße den Boden wieder berühren, hebt er sein Glas in die Luft, schaut direkt rüber zu unserer Seite des Centers und nimmt sich etwas Zeit, mir in die Augen zu schauen. Wir halten sofort Blickkontakt. Die Zeit steht so lange still, dass man einen Teich schon als stehendes Gewässer bezeichnen würde. Ich friere auf der Stelle ein und versinke in meinem Stuhl; Er lacht so breit wie Superman . . . Auftrag beendet. Dann zwinkert er mir zu, bevor er seine Aufmerksamkeit, und sein Leben, wieder seiner neuen Verlobten widmet.

Ein alter Mann an ihrem Tisch steht auf, um den beiden jeweils eine Umarmung zu geben. Seine tiefe, gealterte Stimme geht durch die stille Menge, gerade laut genug, dass ich die Worte auf unserer Seite des Eventcenters noch hören kann.

„Willkommen in unsere Familie, Mac."

KAPITEL DREI

Trotz des köstlichen Geruchs frisch gebackener Zimtschnecken, die Lucy gerade aus dem Ofen geholt hat, überkommt mich die Übelkeit. Eine salzige Reihe Schweißtropfen formt sich außen an der Seite meiner Oberlippe. Dads Party ist eine Woche her und das mulmige Gefühl kehrt immer wieder zurück, wenn ich an das eindringliche Zwinkern denke, das ich von Mac bekommen habe, nachdem er der Frau, die genau wie ich aussieht, einen Antrag gemacht hat. Seine Worte von dem Tag am Amtrak Bahnhof klingen immer wieder in meinen Ohren. *„Glaub mir; ich hab's mit Gesichtern. Vor allem mit hübschen, detaillierten wie das deine."*

In der hintersten Ecke gegenüber den Toiletten sitze ich dampfend. Der Bildschirm meines Laptops starrt mich höhnisch an. Es sind mehrere Tabs offen. Der einzige, auf den ich fokussiert sein sollte, führt zu nichts als ein leeres Dokument, das Schreiben, das ich anstrebe, fehlt noch. Ich konnte mich in meiner Wohnung heute morgen nicht konzentrieren, also bin ich hier.

Es graut mir vor dem Tag, an dem mir das Geld ausgeht, da der Tag rasant näherkommt. Ich will wirklich nicht mehr, als etwas hervorbringen, irgendwas, aber ich klammere mich an Strohhalme. Mein Notizbuch mit fiktiven Killern auf wahren Personen basiert liegt neben der Tastatur meines PCs, aufgeklappt und hunderte Male durchgeblättert. Trotzdem, kein Wort davon konnte ich bis jetzt in irgendetwas nützliches oder romanwürdiges verwandeln.

Nachdem ich diesen Morgen ein paar Stunden im Internet verschwendet habe, die meiste Zeit auf einer bestimmten Seite, die nichts mit meinem eigenen Schreiben zu tun hat, dachte ich, dass Essen vielleicht hilft. Meine Küche ist normalerweise leer, bis auf ein paar Pakete fünfundzwanzig-Zent Instantnudeln in einer Styroporschale und einigen fettfreien Joghurts, die wahrscheinlich abgelaufen sein werden, bevor sie gegessen sind. Wie immer steckte ich meinen Laptop in einen Rucksack und machte mich auf zu Airington's.

Einer der Vorteile eines Familienunternehmens ist, dass es einem endlos viel gratis Essen liefert. Seit Jahren versuche ich, dieses Glück bis zur Grenze auszukosten. In letzter Zeit sind mir Zucker und Kohlenhydrate völlig egal. Ich bin pleite, also scheiß drauf. Wen interessiert es, ob ein paar Kilos auf meinem Bäuchlein dazukommen? Ich muss niemanden beeindrucken. Solange mein Bauch nicht weiter herausragt als mein Allerwertestes komme ich klar. Gratis Essen ist gratis Essen, also wird man mich nicht meckern hören.

Ich lasse meine Zähne in den köstlichen Rand des glasierten Donuts sinken und starre weiter auf all die offenen Tabs auf meinem Bildschirm. Ein bestimmter ruft mich. Es ist dieselbe Website, die ich mir die ganze Woche einpräge. Es ist eine, auf die Madges Enkeltochter, die wodkaschmuggelnde Kellnerin, mich hingewiesen hat. Sie sah, wie mein Gesicht praktisch zusammenbrach ein paar Tische weiter,

27

während sie ein Glas sprudelnden Cider trank. Scheinbar ist das Mädchen eine aufmerksame kleine Beobachterin, preise ihre Seele.

Ich hole die Visitenkarte, die sie mir eingesteckt hat, aus meiner Hintertasche und lese den Text, mit der sie die leere Rückseite zugepflastert hat:

Ein Freund meiner Großmutter ist auch mein Freund.
Wir beide wissen, dass sie nicht viele hat. Ich habe den
Blick auf deinem Gesicht gesehen, als dein Zwilling
einen Antrag bekommen hat. Ich hoffe das hier hilft.

Ich las die Worte ein paarmal nach, *dein Zwilling, dein Zwilling, dein Zwilling*. Ich wusste, dass ich nicht verrückt war, als ich die Ähnlichkeit festgestellt habe. Ich verstehe nicht, wie es möglich ist. Ich drehe die Karte auf die andere Seite und reibe meinen Daumen über Mac's Gesicht. MacConall's Marketing Management steht auf der Karte. Sein echter Name lautet eigentlich Mackenzie MacConall. Was für ein Scheißname ist das denn bitte? Kein Wunder, dass er sich Mac nennen lässt. Der Geschäftsname auf der Karte wird gefolgt von einer Hauptgeschäftsseite, ein paar Telefonnummern und einer Menge Social Media Links. Ich schüttele mit dem Kopf und lasse ein verärgertes Seufzen raus.

Ich stecke die Karte zurück in meine Tasche und zwinge mich dazu, meine Aufmerksamkeit auf ihren vorgeschriebenen Platz am Computer zu richten. Die Versuchung dieses einen offenen Tabs schreit mich an. Einer meiner Hände beginnt bald, mit den Fingern auf den Tisch zu trommeln, während die andere seine schwitzige Innenfläche an meiner Jeans abwischt.

Ich halt es nicht mehr aus. Noch ein Blick, dann werde ich diese Seite endgültig verlassen.

Ich klicke auf den Tab und alle Gesichter darauf erwidern meinen Blick sofort, mit einem Zitat vom verführerischen Mac höchstpersönlich.

„MacConnall Marketing Management wird das Familienunternehmen bald ausbreiten. Zwei Familien kommen zusammen. Denn das ist das, was wir als Unternehmen sind . . . Familie. " – Mac

Wer zur verdammten Hölle benutzt Verlobung als Werbetrick? Und für ein Werbeunternehmen? Man kann wirklich nicht kultiviert sein, wenn man so kühn ist. Es ist etwas zu billig für meinen Geschmack. Ich habe die Seite nachts sofort aufgerufen, als ich nach Hause gekommen bin. Das Foto des Paars war bereits da, genauso wie Macs kitschiges Zitat. Das Bild wurde eindeutig von einem Profi geschossen, während das Bild im Hintergrund noch mit Schnee bedeckt war.

Das muss mindestens zwei Monate hergewesen sein. Doch der Verlobungsring an ihrem Finger widerspiegelt die Sonne gerade genug, um zu beweisen, dass ihre Show gespielt war. Tränen der Überraschung und Freude und eine märchenhafte Drehung, So'n Quatsch. *Nicht schlecht Mac, nicht schlecht, aber ich habe deine Lüge entlarvt.*

Zugegeben, ich habe erst ein Mal mit ihm geredet, aber ich hätte ihn nicht für einen Schwindler gehalten. Aufdringlich, ja . . . irritierend, absolut. Aber ein Schwindler? Das habe ich nicht ankommen sehen. Wenn seine neue Verlobte nicht wie meine Doppelgängerin ausgesehen hätte, hätte ich den ganzen Zufall mit Dads Party vergessen können. Ich hätte Mac komplett vergessen können. Aber wegen *ihr* kann ich das nicht.

Jetzt sitze ich hier, besessen von ihrem Bild. Seine Worte hüpfen immer wieder in meinen Kopf hinein und wieder raus, wie der Flummi eines kleinen Kindes. Sein Zwinkern geistert immer noch in meinen Gedanken herum. Selbst sein Geruch greift noch manchmal meine Nasenflügel an. Vielleicht habe ich es mir eingebildet, aber ich schwöre, die Frau, die neben mir getankt hat, muss dasselbe Waschmittel wie er benutzen.

Bevor ich den Tab schließen kann, lässt Lucy sich auf die dick bepolsterte, runde Bank neben mich fallen. Ich habe sie nicht herlaufen sehen. Ich war zu sehr versunken im Verlobungsfoto von Mac und seinem Mädchen. Ich fummle mit den Fingern herum und versuche, die Maus zu dem kleinen ‚x‘ in der Ecke zu navigieren. Es ist egal. Sie hat bereits gesehen, was ich mir anschaue. Jede weitere Aktion würde nur mehr Aufmerksamkeit auf mich lenken. Ich wurde erwischt.

„Hey, kennst du den Typen?" fragt sie mit einem Zeigefinger auf seinem Gesicht.

„Nein." Es ist nur eine halbe Lüge.

„Ooooohhhhhh."

Eine einzelne Falte bildet sich über Lucys hochgezogener Nase. Sie bringt ihr Gesicht etwas näher, um die glückliche Dame in Macs Armen zu begutachten. Er hängt wie eine bequeme Decke über ihren Rücken.

„Wow, kennst du sie? Ich wusste nicht, dass Mac eine Freundin hat. Sie sieht exakt aus wie du . . . komisch."

Die Worte bleiben mir im Hals stecken. Ich weiß gar nicht, wo ich anfangen soll. Sollte ich ihre Frage beantworten, das Mädchen runtermachen, oder genau nachfragen, woher sie

Mac kennt? Es kann kein Zufall sein, so locker, wie der Name von ihrer Zunge gerollt ist.

Lucy lehnt sich in ihren Sitz zurück und nippt lange an ihrem Cappuccino. Ihre hübschen, marineblauen Augen sind auf mein Gesicht fixiert und warten auf eine Antwort. Ich folge ihrem Beispiel, nippe an meinem eigenen Heißgetränk und lasse die Stille für sich sprechen.

„Suchst du nach jemandem, der dich vermarktet?" fragt sie; ein Lächeln bildet sich an den Ecken ihrer Lippen.

Ich fühle, wie meine Ohren vor Scham rot werden. Ich zucke mit den Achseln und starre *die beiden* wieder an, sodass Lucy mein Gesicht nicht mehr ganz sehen kann.

„Ich habe Pause," setzt sie fort, „und ich habe nichts zu tun in den nächsten fünfzehn Minuten bis der Summer mir sagt, dass mein Apfelkuchen fertig ist."

„Was soll das heißen?"

„Du kannst mich den ganzen Tag ignorieren, aber die Peinlichkeit steht dir ins Gesicht geschrieben Süßes." Sie winkt einen wilden Finger durch die Luft, als würde sie etwas beweisen. „Ich denke, ich bleibe hier sitzen, bis du einknickst."

Ich seufze und lasse meinen Kopf auf die Brust fallen. Ein Zeichen der Ergebung. Lucy ist das Freundähnlichste, das ich in meinem Leben habe, neben Tim und Madge. Sie ist süß, lustig und es ist leicht, mit ihr zu reden. Aber sie ist unerbittlich. Mit Sicherheit das neugierigste Mädchen, das ich kenne. Es ist nicht immer was schlechtes, weil sie mich oft aus meiner introvertierten Blase rausholt. Aber an Tagen wie diesen sehne ich mich genauso nach ihrer Stille wie nach ihrer Gesellschaft.

Ich kann es nicht ertragen, meinen Mund zu öffnen und die Worte zu sagen, und doch will ich aus voller Lunge schreien. Ich will schreien, dass ich ihn nicht kenne, aber ich kann nicht aufhören, an ihn zu denken. Ich kann sein Gesicht nicht vergessen.

Ich will zusammenbrechen und ihr sagen, dass ich das letzte Mal, als ich so besessen von zwei Menschen war, sechzehn war und das Mädchen im Schlaf ermordet habe. Ich möchte ihr erzählen, wie Tim mich in der Nacht gerettet hat. Er ist im Auto unseres Vaters gefahren, nachdem er es aus der Garage geschmuggelt hatte. Ich möchte weinen und um Antworten betteln und verlangen über die Frau mit meinem Gesicht. *Wer ist diese Bitch die von Macs Armen umhüllt ist?*

„Kennst du Mac?" krächze ich endlich, immer noch nicht rüberschauend.

„Nicht wirklich, aber ja, so in etwa. Er war diese Woche jeden Morgen hier. Seitdem er von dem Lokal gehört hat."

Ich nicke für mich und zähle eins und eins zusammen, während sie fortfährt.

„Es scheint, als wäre es nicht nur was schlechtes, ein Eventcenter zu teilen. Wenigstens hat es uns neue Besucher gebracht."

„Hmmm."

„Du bist dran."

„Was meinst du?" frage ich, weiß aber genau, worauf sie hinaus will.

Lucy lehnt sich nah an mich ran und grinst, bevor sie mein Bein anstößt. Sie sieht aus wie ein bezaubernder Welpe, der bereit ist, einem Ball hinterherzujagen.

„Wieso bist du so rot?" sagt sie strahlend. Dann schwindet ihr Lachen passend zum düsteren Vertiefen ihrer Augenbrauen. „Und wer ist die Frau?"

„Ich weiß es wirklich nicht."

„Du weißt nicht, warum du rot bist? Oder wer die Frau ist?"

„Beides?"

Ich lehne den Kopf zur Seite und frage mich dieselben Fragen, wie Lucy. Warum *bin* ich so rot und wer *ist* diese Frau?

Das Geräusch von Lucys verspieltem Kichern ist wie eine stechende Nadel in meinem Ohr. Es ist das einzige, das ich machen kann, sodass ich nicht zusammenzucke.

„Weißt du, ich habe ihn auch im Supermarkt gesehen," erklärt sie, „zweimal diese Woche."

„Also?"

„Alsooooo, ich dachte du willst die Information vielleicht haben."

„Warum würde ich mich für die Einkaufsangewohnheiten eines Fremden interessieren?"

„Warum stalkst du seine Geschäftsseite?"

Dieses ständige Hin und Her ist zwecklos. Ein Teil von mir weiß, dass Lucy nicht aufhören wird, bis sie irgendeine Antwort hat, um ihre juckende Neugier zu kratzen. Also beschloss ich, ihr etwas zu geben.

„Ich habe ihn am Amtrak Bahnhof getroffen." Gebe ich schließlich zu. „Dann ist er plötzlich aus dem nichts im Eventcenter und ich sehe, wie er einer Frau einen Antrag macht, die genau wie ich aussieht."

Lucys Augen werden groß und ihre Lippen gehen auf, während sie zuhört. Sie ist offensichtlich fasziniert. Es überrascht mich kein bisschen, dass sie sofort einen Plan ausgearbeitet hat ... für mich.

„Du weißt, was das bedeutet, oder?"

„Nein. Aber ich habe das Gefühl, dass du es mir sagen wirst."

„Wir müssen ihm folgen! Wie Spione."

Das ergibt keinen Sinn, aber ich spiele mit. Was immer sie vor hat könnte mir auch irgendwelche Antworten bringen. Ihr Motiv könnte ihren Ursprung in ihren neugierigen Zügen haben, oder auch in ihrer Langeweile, wer weiß. Wie dem auch sei, ich könnte selbst etwas Hilfe dabei gebrauchen, meinen Juckreiz zu stillen. Außerdem wird es Lucy eine Aufgabe geben, neben dem Versuch, mich in Dinner Dates, die ich nicht bezahlen kann, reinzureden mit Typen, die ich nie gesehen habe und mit denen ich auch kein Gespräch beginnen möchte.

Also setzt sich der Plan in Bewegung. Lucy und ich sind uns einig, dass wir herausfinden müssen, warum Mac mit seinem Geschäft kürzlich von Florida nach Michigan umgezogen ist, wie es auf der Website steht. Wir müssen auch herausfinden, warum seine Verlobte mir so ähnlich sieht und warum er sich genau für diese Bäckerei interessiert. Noch wichtiger, warum genau ich ihn nicht aus meinem Kopf kriegen kann? Lucy ist aufgeregt, sie will, dass ich ihm folge wie eine hinterhältige Idiotin. Ich bestehe auf ein viel praktischeres Vorgehen. Etwas weniger offensichtlich und etwas mehr ergiebig.

„Warum komme ich nicht einfach etwas früher her als normalerweise? Du sagtest, er war jeden Morgen hier, oder?"

„Ja." Sie rollte mit den Augen.

„Also, kann ich ihm nicht einfach zufällig über den Weg laufen und ein normales Gespräch mit ihm führen? Wie ein normaler Mensch?"

Lucy seufzt. Sie ist enttäuscht, aber trotzdem nachgiebig.

„Du bist langweilig, aber ich schätze, du hast recht."

„Inwiefern ist normal langweilig?" frage ich mit einem Kichern.

„Zum einen bist du nicht normal. Zum anderen, denkst du nicht, er wird dich so oder so anlügen? Ich meine, ich weiß nicht was du denkst, aber ich glaube wirklich, dass spionieren viel produktiver sein wird."

„Warum würde er lügen?" frage ich.

Lucy denkt immer, dass die Leute etwas verbergen und sie ist komplett gefesselt davon. Sie ist die einzige Person, die von meinen Tagträumen und Mördersteckbriefen weiß, mich aber nicht dafür verurteilt. Neben Tim versteht sich. Ihre Energie ist immens und sie lehnt sich vor, um unserem Gespräch einen intensiveren Effekt zu verleihen. Ihre Augen sind riesig, beide Hände um ihren Kaffee geklammert, als ob sie ihn anbetet, und ihr Knie hüpft leicht wegen ihrem nervösen Fuß auf dem Boden.

„Es muss irgendwas geben, das du mir nicht erzählst. Und schau dir dieses Mädchen doch mal an. Sie ist deine Doppelgängerin, Ahnia! Diese ganze Sache ist zwielichtig. Das fühle ich."

„Genauso wie du die Trump und Clinton Verschwörung gefühlt hast, nicht wahr?"

„Hey, der Scheiß ist wahr."

Lucys Augen werden noch größer und sie schaut spielhaft über ihre Schulter. An meinen Augen fühle ich das Lächeln von meinen Wangen und ich presse meine Lippen zusammen, um meine Reaktion auf ihre Lächerlichkeit zu unterdrücken.

„Okay, okay. Er hat mir für meine Gesichtszüge Komplimente gemacht und erzählt, dass er es mit Gesichtern hat. Was auch immer das zu bedeuten hat."

„Ich wusste es!" Sie schnaubt. „Ich hab's dir gesagt, er versteckt etwas. Wer sagt sowas zu einer Frau, die exakt so aussieht, wie seine baldige Ehefrau?"

„Er hat auch gesagt, dass er vor Jahren mal auf einer Schriftstellertagung war, aber jetzt ist er im Marketing."

Wir sind beide in unseren Gedanken versunken und denken nach. Lucy tendiert dazu, das auszulösen. Da haben wir die ultimative Überanalysiererin. Das Geräusch von Lucys Ofenwecker holt uns zurück. Sie springt auf, nippt nochmal an ihrem Kaffee und schaut mich dann ernsthaft penetrant an.

„Morgenfrüh, sieben Uhr."

„Sieben, wirklich?"

Ich grunze, wenn ich daran denke. Ich bewege meinen faulen Arsch nie vor zehn aus meinem Bett, nie. Ich habe weder Job noch Kinder, die mich dazu zwingen würden. Fröhliche Morgenmenschen machen mich verrückt und es scheint, dass Lucy die Anführerin der Morgenmenschen ist.

„Sieben!" Lucy wiederholt die Uhrzeit, während sie mit einem Finger in meine Komfortzone zeigt, schon wieder.

„Also gut," murmle ich.

Ich sehe Lucy zu, wie sie in die Küche verschwindet und mich mit meinen Gedanken allein lässt. Wenn sie jemals jemanden töten würde, würde sie die Person wahrscheinlich festbinden und foltern für Antworten auf ihre Verschwörung, bevor sie sie abmurkst.

Wie immer hat sie es geschafft, alles zu verändern innerhalb einer einzigen Konversation. Ich zwinge mich dazu, den Tab auf meinem Computer zu schließen. Ich schätze sie hat recht. Es ist Zeit, die Besessenheit aufzugeben und etwas zu unternehmen. Wer weiß, was der morgige Tag bringt.

Ich verdrücke den Rest meines Donuts und schütte den Rest meines Getränks in einem Schluck runter, bevor ich zum tausendsten Mal ziellos in mein Notizbuch herumblättere. Ähnlich wie bevor Lucy sich eingemischt hat, habe ich keine Inspiration. Keine gute Story kommt mir in den Kopf.

Das Herumblättern in diesen wertlosen Notizen bringt nicht mehr, als es gestern getan hat, oder vorgestern. Ich muss hier rausgehen und weg von Lucy, bevor sie offiziell frei hat. Weiß der Himmel, was passiert, wenn sie mich ein zweites Mal davon versucht zu überreden, in den Supermarkt zu gehen.

Mein Handy leuchtet bei einem Anruf auf. Es bewegt sich mit seiner Vibration wie eine Spannerraupe über den Tisch. Ich stecke mein Notizbuch weiterhin in meine Tasche. Ich brauche nicht auf den Bildschirm schauen, um zu wissen, wer anruft. Douglas, mein Finanzberater, ist die einzige Person, der ich einen Klingelton mit diesen trüben, dunklen Tönen vom großartigen Beethoven gegeben habe.

Er ist ein Kindheitsfreund meiner Mutter, was der einzige Grund ist, dass er so lange zu mir gehalten hat. Schuldgefühle können viel länger andauern als so ziemlich alle anderen Emotionen. Zumindest habe ich das gelernt aus den ganzen Jahren, in denen ich Douglas mit mir mitschleppe.

„Scheiße," murmle ich so laut, dass nur ich es selbst hören kann.

Douglas versucht schon seit Wochen, mich zu erreichen und ich habe ihn die ganze Zeit abgeblasen. Er ist sogar so weit gegangen, dass er an meiner Wohnung vorbeigeschaut hat. Ich bin mir sicher, dass er mich drinnen hat rumlaufen hören, aber als ich ihn durch das Guckloch gesehen habe, hielt ich meinen Atem inne und erstarrte auf der Stelle. Ich wartete wie eine Statue, meine Füße wie Zementblöcke auf dem Boden. Ich habe sogar versucht, nicht zu atmen, bis er aufgeben und weggehen würde. Es hat funktioniert, aber ich kann den hartnäckigen Zahlenzauberer nur so lange meiden. Seine Anrufe sind in letzter Zeit von jeder Woche auf jeden Tag angestiegen.

Ich wette mit mir selbst, ob er eine Nachricht hinterlässt oder einfach auflegt und mich stattdessen anschreibt. Meine neongrüne Tasche hängt an meinem Rücken, perfekt von beiden Schultern unterstützt. Dann stecke ich das Handy in meine Hintertasche und gehe zum Tresen, um noch einen letzten Donut zu klauen, was meinen Abgang darstellen soll.

Lucy grenzt an einer Zwangsstörung, also bin ich sicher, dass sie das Gebäck ersetzen würde und innerhalb weniger Minuten alles wieder auf seinem Platz ist. Schade, dass ich nicht etwas scherzhafter drauf bin. Es ist verführerisch, schnell auf die Toilette zu rennen und die Toilettenpapierrolle umzudrehen. Sie hasst es, wenn die Rolle falschherum hängt. Ich entscheide mich dagegen, zumindest für heute, und gehe.

Das Bing einer Nachricht zieht meine Aufmerksamkeit auf

sich, bevor ich ganz draußen in der drückend heißen Sommer-hitze bin. Sie ist, natürlich, von Douglas und lautet:

> D—Ahnia, du kannst mich nicht für immer meiden. Lass uns etwas verabreden. Je eher, desto besser, ich will das hier wirklich nicht über Telefon oder Text regeln.

Das hier? Was meint er? Er hört wahrscheinlich auf. Das ist das einzig logische Grund. Ich wäre ihm nicht böse. Das Geld ist so gut wie weg; er hat keinen Grund, bei mir zu bleiben. Ich seufze einmal, bevor ich ihm zurückschreibe. Ich muss irgend-wann erwachsen werden und mich hier selbst drum kümmern, oder? Warum nicht zwei beschissene Gespräche am selben Tag? Das große Unglück. Einfach die beiden peinlichsten Ereignisse meiner absehbaren Zukunft gleichzeitig, um sie hinter mir zu haben. Das klingt passend. Ich antworte ihm.

> A—Ich werde morgen früh um 7:30 Uhr im Lokal sein.

Ich warte nicht auf eine weitere Antwort, wenn er mir eine schickt, würde ich sie eh nicht nochmal beantworten. Wenn er mit mir in Person reden will, soll er dafür sorgen, dass es funk-tioniert. Das ist das beste, das ich in meinem labilen Zustand machen kann. Außerdem ist er immer zu früh. Immer. Also ist es, sollte es nötig werden, eine Entschuldigung, von Mac wegzukommen. Der Rest des Tages wird sicher von Stress und Manie geprägt sein.

Ich könnte genausogut nach Hause gehen, sodass ich vernünftig mit meinen zwanzig Bierdosen in meinem Kühlschrank, die ich an Tim vorbeigeschmuggelt habe, schwelgen kann. Vielleicht bestelle ich später sogar eine Pizza. Billiger Alkohol und Kohlenhydrate verprassen hilft mir, meine Nerven und mein Selbstmitleid in den Griff zu kriegen. Ich stecke mein Handy zurück in meine Tasche und zwinge meine Füße, sich vorwärts zu bewegen.

KAPITEL VIER

Ich habe ein paar Mal auf Snooze gedrückt und jetzt bin ich spät dran. Ich hätte wissen sollen, dass das passiert. Natürlich wache ich nicht so einfach nur vom hohen Piepgeräusch des Weckers, den ich nie benutzt habe, auf. Tim hat mich als Kind immer geneckt, dass ich einen Güterzug im Zimmer brauche, um wach zu werden. So ein tiefer Schläfer zu sein, ist einer meiner vielen Flüche.

Es ist unmöglich, mich zu wecken, daher konnte ich in *der* Nacht acht ganze Blöcke schlafwandeln, sowie die paar anderen davor. Es war ein Wunder, dass Tim mich durch sein Zimmer hat laufen hören. Ich bin sicher, dass wenn meine Alpträume und mein Schlafwandeln nach der Nacht nicht aufgehört hätten, er mir sicher durch die ganzen Jahre gefolgt wäre. Ich könnte ihn mir heute noch in einem Apartment direkt neben meinem vorstellen.

Mein Bruder ist mein Retter in jeder Hinsicht. Er ist der einzige Grund, dass ich in *der* Nacht nicht auf frischer Tat ertappt wurde und die einzige Person, die mich seitdem bei gesundem Verstand gehalten hat, indem er mir regelmäßig weise Worte einredet.

Selbst als mein Alkoholproblem in ein unkontrolliertes Tief gefallen war, stand er eines Tages vor der Tür, um jeden letzten Tropfen das Metallwaschbecken runterzuspülen. Dann weigerte er sich wochenlang, mich alleinzulassen. Wir haben mehr Brettspiele gespielt, als ich jemals zugeben möchte. Er wird keine weitere Abwärtsspirale bezüglich des Alkohols dulden, auf gar keinen Fall.

Tim wusste, in welche Richtung ich in *der* Nacht gehen würde. Es war dieselbe Richtung, in die ich immer lief. Auf direktem Wege zu Belles Haus. Er hat mich vorher schon dreimal dort abgeholt. Jedesmal stand ich draußen vor Belles Fenster, als er ankam. Und jedesmal schaffte er es, mich nach Hause zu kriegen, unbemerkt. Dad bekam nie mit, dass sein Auto weg war. Das Frühstück am Morgen war normal wie immer. Gott, wie ich mir wünsche, dass es das auch nach *der* Nacht gewesen wäre.

Ich forciere eine dicke viereckige Bürste durch mein wildes Haar, bevor ich es in einem gigantischen Dutt auf meinen Kopf zusammenbinde. Ich putze meine Zähne viel fester als gewöhnlich, eilig, nach draußen zu gehen. Mit einem Knall schließt sich die Tür hinter mir. Ich dreh mich nicht einmal um, um den Türriegel mit meinem Schlüssel abzuschließen. Das klitzekleine Drehschloss am Türinnengriff wird reichen müssen. Außerdem, welcher Kriminelle würde um 6:50 Uhr morgens unterwegs sein? Nur ein Mörder, der meiner Notizen würdig ist, ohne Zweifel, und ich würde nicht einmal hier sein, um es zu beobachten. Nicht nur das, aber was würde er klauen? Meine Couch? Die darf jeder haben.

Ich weiß nicht mal, warum ich die Tür an einem normalen Tag verriegele. Es mag zwar eine kleine, veraltete Wohnung sein mit altem Karminteppich und senfgelben Arbeitsplatten, aber sie ist zumindest in einer anständigen Nachbarschaft. Keine hochklassige Vorstadt wie die, in der ich aufgewachsen bin, beileibe nicht, aber auch nicht sehr brenzlig.

Außer Henry, dem Steuerbearbeiter, und seinem extrem freundlichen Partner gegenüber, ist jeder hier im Gebäude alt genug, um in Rente zu gehen. Sie verbringen ihre Tage wahrscheinlich zurückgelehnt in einem Lehnstuhl und kleben am TLC-Sender. Ich habe verschiedene Male versucht, sie mir vorzustellen, Henry und Jason, das tödliche Duo, jeder zuckt seine Pistole hinter dem Rücken eines knieenden Opfers oder etwas ähnlich Langweiliges. Das Bild blieb nie hängen, also bin ich ziemlich sicher, dass man sich keine Sorgen machen muss.

Typischerweise sind alle Ampeln auf dem Weg zu Airington's rot. Als ich mein Auto geparkt habe und rausgesprungen bin, ist es zehn nach sieben. Es hätte schlimmer sein können. Zehn Minuten zu spät geht noch. Außerdem ist das ja kein Date. Es ist eher mein in die Ecke Treiben eines Typen, mit dem ich eine unangenehme Unterhaltung hatte, basiert auf der Annahme, dass er überhaupt kommt.

Zwischen meinen Fingern wirble ich eine Haarsträhne, die sich irgendwie vom Dutt gelöst hat und stecke sie danach wieder an ihren Platz. Als ich über die Straße sprinten möchte, um Lucy keinen Grund zu geben, über meine Unpünktlichkeit zu schimpfen, muss ich meine Füße zwingen, zu verlangsamen.

Als ich die Tür von Airington's aufschwinge, werde ich sofort von einem Gesicht nur wenige Zentimeter von meinem eigenen entfernt begrüßt. Ich springe auf und schnappe nach Luft, erschreckt nicht nur von seiner Nähe sondern auch von seinem Geruch. Derselbe köstliche Geruch, der mein Dasein am Amtrak Bahnhof überfallen hat, ist wieder da. Wie eine Steinmauer hält er mich zurück.

Von seiner Seite kommt kein nach Worten Suchen oder Atem Holen. Er steht seinen Mann, zwei Zentimeter neben der

Tür, seine Zehen berühren quasi den Metallrahmen, in dem die Tür ist. Er hat einen Kaffeebecher aus Styropor in einer Hand und eine kleine, weiße Papiertasche mit seinem Gebäckstück nach Wahl in der anderen. Mac grinst, seine Augen leuchten auf, als ob er vor einem vollbeleuchteten Weihnachtsbaum steht statt einer wildhaarigen, pyjamatragenden, gescheiterten Erwachsenen.

„Hey," bricht er die Stille, seine Stimme so tief und warm wie immer.

„Hi," krächze ich als Antwort.

„Ich habe mich schon gefragt, ob du hier jemals herkommst."

„Es ist sieben Uhr morgens. Niemand kommt so früh hierher."

Es geht jetzt schon alles entgegen meinen Erwartungen. Er kommt cool und gelassen rüber mit etwas unterschwelliger Aufgeregtheit in seinen angehobenen Wangenknochen. Es fühlt sich fast so an, als hätte er mich erwartet.

„Ich denke, die paar Stammkunden drinnen, und ich, sind da anderer Meinung."

Wir blockieren den Eingang. Die Tür ist sperrangelweit auf. Sie wird von meinem versteifenden Arm gestützt und von meiner bebenden Hand festgehalten. Die Neckerei ist komisch, aber fesselnd. Ich glaube nicht, dass ich geblinzelt habe und glaube auch nicht, dass er geblinzelt hat. Es bilden sich so viele Fragen in meinem Kopf, doch die erste, die unverständlich herausplatzt ist:

„Woher weißt *du*, dass sie Stammkunden sind?"

„Woher wusstest du, dass ich hier sein würde?" feuert er mit wachsendem Grinsen zurück.

„Beantworte meine Frage,"

„Beantworte du zuerst meine."

„Ich wusste nicht, dass du hier sein würdest."

„Du lügst."

„Ich lüge nie."

Ich erschaudere vor meinen eigenen Worten und fühle, wie sich die Farbe meines Gesichts ändert. Ich sauge sogar die dicke Mitte meiner Lippe ein und beiße fest darauf. Die Strafe dafür, so blöd zu sein. Eigentlich ist alles in meinem Leben eine Lüge. Und jetzt stehe ich hier, starre in eins der hübschesten Gesichter, die ich je gesehen habe und lüge über das Lügen. Seine viereckigen Schultern, vertieften Grübchen und sein wuschiges Haar verdrehen mir den Magen. Ich kann nur hoffen, dass die Schwäche meiner Knie nicht von außen zu sehen ist.

„Du lügst *wohl*, warum würdest *du* sonst um sieben Uhr morgens hier sein? Du wolltest mich sehen, was?"

Ich habe keine Ahnung, wie diese intensive, Anstarr-Türschwellenunterhaltung sich in das hier verwandelt hat. Ich würge ein bisschen an der Spucke, die sich hinten in meinem Hals gebildet hat. Letztendlich rolle ich mit den Augen und stelle meine freie Hand in meiner Hüfte auf.

„Gehst du noch zur Seite, sodass ich reingehen kann?"

„Hast du Hunger?" Er schmunzelt.

„Ja. Daher bin ich hier." Ich starre ihn weiter an.

Mac geht endlich zur Seite und wedelt einen Willkommen-heißenden Arm durch die Luft. Er ist scheinbar überhaupt nicht vorsichtig mit seinem Kaffee am Morgen.

„Ich werde mich zu dir gesellen," sagt er.

In seinen Worten klingt ein euphorischer und aufgeregter Ton—irritierend.

„Oh großartig, denn bei der Art, auf der du dich rausbe-wegt hast, hätte ich gedacht, dass du gehst."

Sein Geruch folgt dicht hinter mir. Sobald ich es um ihn herum geschafft habe, kann ich sowohl Madge als auch Lucy hinter der Theke sehen. Madge ist bereit, Bestellungen aufzunehmen und sich um die Listen zu kümmern. Lucy packt eine frische Ladung Apfel-Beignets aus. Raquelle, Lucys übliche Morgenhelferin, muss wieder angerufen haben. Die arme Madge ist zu alt und hat weitaus wichtigere Sachen zu tun, als Raquelle zu vertreten.

Zumindest wird Madge mich nicht fragen, warum ich so früh hier bin oder mit wem ich rede. Sie ist eine private Person und zeigt den anderen denselben Respekt. Lucy hingegen beobachtet uns wie ein Greifvogel innerhalb deutlicher Hörweite. Ihr Kiefer wischt praktisch den Boden.

Mac zeigt durch den Raum. „Ich warte dahinten."

Natürlich nimmt er an, dass ich mich zu ihm setze; was ein egozentrischer Depp. Aber andererseits *bin* ich hier für ihn und ich *werde* mich zu ihm setzen. *Also, was bin ich dann*, frage ich mich? *Ein Trottel? Ein Klischee?* Ich schaue Lucy verwirrt an und versuche, ihre Gedanken zu lesen. Mit großen Gesichtsbewegungen formt sie die Wörter ‚Ich weiß' und dann zuckt sie ihre Achseln, während sie ihre Unterlippe an einer Seite runterzieht und ein paar Zähne zeigt.

„Was darf es sein, meine Liebe?" fragt Madge mit ihrem gewöhnlich emotionslosen Gesicht und ihrer notorisch kratzigen Stimme.

„Überrasch mich."

Ich lächle sie an. Sie nickt nur und fängt an, ein Gebäckstück zu schneiden, bevor sie es auf einen viereckigen Teller legt.

Ich habe keine Ahnung, was ich von diesem sonderbaren Morgen erwarten soll, aber es gibt eine Sache, die ich ganz sicher weiß—Ich fühle mich total zu Mac hingezogen. Ich kann nichts machen, wegen *der Frau*, die komischerweise meine Doppelgängerin ist. Alles von ihr schreit nach Belle und alles über Mac erinnert mich an meinen Freund aus der Highschool. Außer seinem Geruch und seinen Haaren könnte er locker eine ältere Version von Charles sein. Mein erster Kuss, meine erste Liebe und der erste Mann, für den ich getötet habe. Auch wenn es in meinem Schlaf war und er niemals wusste, dass ich es war, die Belles Schädel mit dem Rohr zerschmettert hat.

Ich habe getötet wegen Charles und meiner unterbewussten Besessenheit darüber, wie er sie anschaute, weil er sie mehr wollte als mich. Belle und ich waren uns so ähnlich. Dasselbe Haar, dieselben Augen . . . *genau wie die Frau, die Macs Ring trägt.* Hinterher hat Charles mich einen Monat später für ein Mädchen ein Jahr unter uns verlassen, die größere Titten und ein breiteres Lächeln hatte. Ein Mädchen, die überhaupt nicht aussah wie ich, *oder Belle, oder Macs Freundin.*

Mac und seine Verlobte sind eine schreckliche Zusammenstellung für mich. Eine, die viel zu bekannt ist. Ich habe Angst vor Mac, Angst vor mir selbst, und am meisten Angst vor *ihr.* Wenn ich irgendwie bei Verstand wäre, würde ich wegrennen, jetzt. Ich würde zur Tür flitzen und niemals zurückblicken. Stattdessen nehme ich das gratis Stück Käsekuchen, welches Madge mir über die Theke reicht, und drehe mich um, um mich zu ihm zu setzen.

Er wartet, nippt an seinem Kaffee und knabbert an den Ecken einer Bärentatze. Ich versuche, cool und lässig rüberzukommen, trotz des festen Hämmerns meines Herzens und dem Kribbeln meiner Zehen. Ich setze mich ihm direkt gegenüber auf eine zwei-Personen Bank, die gegen das einzige Wandfenster gestellt ist. Es ist der einzige Platz mit perfekter Sicht auf die Passanten draußen. Ich wünsche, mein Haar wäre unten, sodass ich mich dahinter verstecken könnte. An diesem Tisch zu essen ist wie im Schaufenster zu sein. Es ist ein Tisch, den ich immer meide. Ich kann mir vorstellen, dass es Mac nicht interessiert, da man beim Vorbeigehen denken würde, dass ich sie bin, und einfach weitergehen.

Ich bleibe still und weigere mich, ihm in die Augen zu schauen. Ich weiß, dass wenn ich das tue, ich nicht mehr wegschauen kann. Stattdessen stecke ich die Gabel in den cremigen, weißen Kuchen mit dicker Himbeergarnierung und schiebe sie in meinen Mund.

Mac lehnt sich nach vorne und drückt das Gewicht seiner Schultern durch seine Ellbogen auf den Tisch. Seine starken Finger sind zusammengefaltet und seine Handflächen aneinandergepresst. Wie der Blitz einer Kamera, sehe ich es nun. Das hier ist anders als meine üblichen Mordvorstellungen. Es sieht echter aus, viel beunruhigender.

Macs muskulöse Finger sind gebeugt und engen die Luftwege eines anderen Mannes ein. Der Hals zwischen seinem Griff ist verbunden mit einem Kopf, der schlaff wie eine Stoffpuppe ist. Es ist verschwommen, ich kann die Details des Opfers nicht erkennen, aber sein kompletter Kopf wackelt gewaltig vor und zurück. Macs Gesicht trägt dasselbe Grinsen, das er jetzt gerade trägt, bis auf, dass seine Zähne fester aufeinanderbeißen, was eine Ader in seinem Nacken hervorstehen lässt. Seine Stimme unterbricht das Bild und ich kehre wieder in die Realität zurück.

„Lass uns anfangen, oder?" sagt er.

Ich lache trotz mir selbst und bedecke meinen Mund mit einer Hand, damit mein Essen nicht in sein Gesicht fliegt.

„Womit anfangen?" frage ich, während ich meinen boshaften, psychischen Übergriff zurück zu all meinen anderen schwärmenden Gedanken zwinge.

Schließlich werde ich etwas ruhiger mit meinen Nerven, aber meine Gedanken rasen umher. Ich frage mich, wie zur Hölle ich die Oberhand bekommen soll in diesem Gespräch, wohin es auch führen mag. Und wie ich damit umgehen soll, wie echt diese Vision von ihm war, in der er den Mann ermordet hat.

Du bist schlauer als er, Ahnia, sage ich mir. *Er ist ein Fremder und verlobt und du hast nicht das Recht, Gefühle für ihn zu haben oder deine Tagträume ernst zu nehmen und schon gar nicht, in diese komische Faszination, die er für dich hat, hineinzuspielen.*

„Fang doch damit an, warum du so früh am Morgen hier bist. Keine Lügen diesmal. Du wusstest, dass ich hier sein würde, oder etwa nicht?"

„Willst du mir etwa sagen, dass du absichtlich hierhergekommen bist . . . als Köder?" frage ich und stecke einen weiteren Happen in meinen Mund.

Er zuckt mit den Achseln und hebt eine fragende Augenbraue. Ich schlucke den Bissen Käsekuchen, der an meiner Zunge umherrollt, würgend runter. Danach versuche ich, so geistreich wie er zu sein. Wenn er dieses Spiel spielen will, dann meinetwegen.

„Zu deiner Information, Mac, ich treffe mich mit meinem Finanzberater." Ich nehme einen dritten Bissen, essend wie das arme, hungrige Mädchen, dass ich bin, und rede mit vollem Mund weiter. „Er wird jeden Moment hier sein."

Jetzt ist Mac mit Lachen dran. Er lehnt sich sogar nach hinten und streift eine Hand durch sein Haar, bevor er seine Arme auf seiner Brust verschränkt. Ich kann nur hoffen, dass Douglas pünktlich ist, so wie ich es von ihm kenne. Ich könnte gerade wirklich eine Rettung gebrauchen.

„Klar wird er das." Mac rollt mit den Augen, bevor sein Gesicht sich wieder entspannt. „Schau Ahnia, ich habe tatsächlich einen vollen Tag, also werde ich nicht viel Zeit verschwenden. Ich bin hier jeden Tag hergekommen in der Hoffnung, dass du eines Morgens auftauchst und bin froh, dass du auf den Köder reingefallen bist, denn ich habe ein Angebot für dich."

Ich fühle, wie sich mein Mund ein wenig öffnet, schockiert

von seiner Ehrlichkeit. Ich schließe ihn bewusst und setze mein bestes sarkastisches Gesicht auf.

„Ach wirklich?" sage ich mit einer Stimme flach wie ein Brett.

„Ja."

„Und weshalb denkst du, dass ich etwas für dich tun würde?"

Ich lehne mich in meinen Stuhl zurück und auch ich verschränke die Arme vor meiner Brust, jeden Aspekt seiner Pose spiegelnd.

„Weil ich weiß, dass du in deinem kleinen Notizbuch über den Tod schreibst."

Ich fühle, wie sich meine Gesichtsmuskeln anspannen. Meine Augen werden zu Schlitzen und meine Lippen drücken sich wütend aufeinander.

„Was zum Teufel redest du da?" frage ich in einem Flüsterton.

„Ich weiß viel über dich, Ahnia. Mehr als du denkst und mehr, als man mit einer einfachen Google-Suche herausfinden kann. In Wirklichkeit bist der einzige Grund, dass ich in Michigan bin, du."

Es fühlt sich an, als ob mein Herz aus meinem Brustkorb rausschlägt und aus dem riesigen Fenster, neben dem wir sitzen, rausspringt. Meine Zehen kribbeln nicht mehr; sie sind taub geworden, sowie die untere Hälfte meiner Beine. Ich bin komplett versteift. Was könnte er wohl über mich wissen? Belles Gesicht schwebt durch meine Gedanken. *Nein.* Auf keinen Fall könnte er etwas über sie wissen.

Bleib cool, Ahnia; du hast nichts zu verstecken. Nichts, außer Belle.

Obwohl jeder Zentimeter meines Körpers in höchster Alarmbereitschaft ist, sagt mir meine Logik, dass es meine Schuldgefühle und Paranoia sind, die mich so nervös machen.

Er weiß nichts und wenn es irgendwer gewohnt ist, dass jemand in ihre Psyche eindringen möchte, dann ich. Dorothy nimmt schon seit Jahren an, dass sie alles über die abartigen Dinge, die in mir vorgehen, weiß.

„Okay, wir machen's auf deine Art." Endlich finde ich die Kraft, zu sprechen und gebe alles, um weiterhin cool rüberzukommen. „Ich beuge mich deiner komischen Logik oder Meinung, die du von mir hast und spiele sogar mit der Idee deines Angebots . . . unter einer Bedingung."

„Was immer du willst."

Er formt sein breites, selbstbewusstes Grinsen und lehnt sich wieder vor auf seine Ellbogen, die Finger ins Kinn gedrückt.

„Du musst jede Frage, die ich über die Frau habe, der du an dem Abend einen Antrag gemacht hast, beantworten."

Mac lehnt seinen Kopf zur Seite, um mich aus den Augenwinkeln anzusehen. Er überlegt und wägt die Situation ab. Ich sehe förmlich die Räder in seinem Kopf.

„Ich habe Loraine ein paar Jahre nach der Tagung, von der ich dir erzählt habe, kennengelernt. Ich habe beschlossen, sie zu daten, weil sie aussieht wie du und das hat mich fasziniert. Ich habe mich unerwarteterweise in sie verliebt und jetzt sind wir hier." Er macht eine Pause. „Noch weitere Fragen?"

„Wow," ich bin nahezu sprachlos. „Du bist wirklich kein Fan von Smalltalk, was?"

„Nein."

„Ganz ehrlich, ich weiß nicht, ob ich das schmeichelhaft oder gruselig finden soll. Und ja, es gibt mehr Fragen, aber jetzt habe ich ein wenig Angst, sie zu stellen."

„Bist du dann bereit für das Angebot?" fragt er.

„Wahrscheinlich nicht," antworte ich.

„Gut, ich denke nämlich nicht, dass ich bereit bin, es dir zu machen, in Gänze, noch nicht jedenfalls."

„Was meinst du?"

Mac hebt sein Handy von Tisch auf, um auf die Uhr zu schauen, bevor er sein Handgelenk reibt, als wäre er es eigentlich gewohnt, eine Armbanduhr zu benutzen. Dann holt er einen Kuli aus seiner Jackeninnentasche und beginnt, eine Adresse auf einer Serviette aufzuschreiben, während er redet. Ich schaue mir seine Hände genau an und denke wieder an die Bilder, in denen sie das Leben aus einem anderen Menschen rausdrücken. Sein Selbstbewusstsein ist verstörend und das brutal ehrliche Geständnis über seine Verlobte liegt mir immer noch schwer im Magen.

„Ich habe versagt als Autor, genauso wie du versagt hast bei deinem zweiten Anlauf als Autorin. Ich möchte einen neuen Versuch wagen, aber mir fehlt die nötige Inspiration, genau wie dir. Ich denke, wir müssen etwas unternehmen und dann darüber schreiben, als Team. Du und ich zusammen. Mein Angebot ist eher wie ein Plan und ich würde gerne weiter mit dir darüber reden, wenn du Lust hast. Komm zu dieser Adresse. Keine Anrufe, keine weiteren Treffen. Jetzt wo wir gesprochen haben, werde ich hier nicht mehr zum Essen hinkommen. Ruf mich nicht an; suche nicht mein Geschäft auf. Wir können keine Beziehung zueinander haben. Keine Bindung. Keine Beweise. Wenn du reden willst, triff mich einfach an dieser Adresse am Samstagmorgen, die selbe Uhrzeit wie heute."

Er reicht mir die Serviette, aber nicht, bevor er über seine Schulter aus dem Fenster schaut, um sicherzustellen, dass niemand zuguckt. Ich stecke sie schnell in meine Tasche. Ich fühle mich hinterhältig, sogar schmutzig; aber komischerweise ist es aufregend und sexy. Eine unbekannte Wärme formt sich in meinem Unterleib. Jeder Zentimeter meines Körpers fühlt die Wärme seiner Finger, als sie die meinen streifen.

„Keine Beweise? Was genau meinst du?" flüstere ich.

Mac zeigt nur kurz sein selbstbewusstes Lächeln, bevor er aufsteht und lässig wegschlendert. Er lässt mich zurück, als hätte unser Gespräch nie stattgefunden. Jetzt sitze ich alleine im Schaufenster, fühle mich nackt und für die ganze Welt sichtbar. Ich nehme meinen schmutzigen Teller und bringe ihn zurück. Meine Gedanken kreisen umher und suchen nach irgendeiner Lüge, die ich Lucy erzählen kann. Hoffentlich schaffe ich es, und schnell; Douglas wird jeden Moment hier sein.

Lucy ist damit beschäftigt, irgendeine zuckrige Köstlichkeit zusammenzumischen und bewegt sich mit der Geschwindigkeit eines Gepards. Wir reden gerade laut genug, um uns über die Geräusche des laufenden Wassers, klirrenden Geschirrs und der Mixmaschinen hören zu können, aber nicht so laut, dass uns die Kunden hören können.

„Ist er weg?" fragt sie, ihre Augen schießen Strahlen der Aufregung auf mich.

„Ja."

Ich spüle meinen eigenen Teller ab und stelle ihn in einen Geschirrkorb, der bald in einer riesigen Industriespülmaschine gewaschen wird.

„Na? Was hat er gesagt?" durchlöchert sie mich, ohne auch nur einen Atemzug zu nehmen. „Was hast du ihn gefragt?"

Ich räuspere mich, aber sie redet weiter, bevor ich die Chance habe, anzufangen.

„Das war die komischste Unterhaltung bei der Tür! Ich wusste, dass er etwas im Sinn hatte; ich wusste es, Ahnia. Er *ist* immer für dich hierhergekommen, oder?"

Lucys Worte rasen mit einer Geschwindigkeit von hundert Stundenkilometern aus ihrem Mund. Ich komme kaum mit, ganz abgesehen davon, selbst etwas einwerfen zu können. Ihre Fragen überfallen mich und mir wird flau im Magen.

„Ich denke, er spinnt, Lucy. Ich habe ihm gesagt, er soll nicht mehr herkommen."

„Was!? Warum würdest du ihm das sagen? Hast du ihn nach seiner Verlobten gefragt?"

„Wow, eins nach dem anderen."

„Fange bei seiner Freundin an."

„Er hat angefangen, sie zu daten, weil sie aussieht wie ich und hat sich dann in sie verliebt. Das hat mich ziemlich entsetzt, also habe ich ihm gesagt, er soll nicht mehr hierherkommen und mich in Ruhe lassen."

„Oh mein Gott, das ist gruselig."

„Ja," stimme ich ihr zu, den Augenkontakt vermeidend.

Ich fühle ihren starrenden Blick auf mir, ihre Augen zusammengekniffen, genauso wie wenn sie grübelt. Bis jetzt habe ich nur ein bisschen gelogen. Es fühlt sich an, als würde die Serviette ein Loch in mein Bein brennen. Sie legt ihre Küchenutensilien ab und wirft ihre Fäuste in ihre Hüfte.

„Da ist noch was. Du erzählst mir nicht alles, oder?"

Lucy gibt niemals auf, bei nichts. *Was soll ich sagen?* Meine Gedanken stehen still. Glücklicherweise werde ich von dem barschen Klang von Madges Stimme gerettet, als sie uns unterbricht.

„Voller Morgen, Ahnia. Douglas ist hier für dich."

Danke, Douglas, denke ich. Selbst wenn er mich heute verlassen sollte, könnte ich ihn dafür küssen, dass er mich vor Lucys Befragung gerettet hat. Ich senke den Kopf, weiche allen weiteren Fragen und Kommentaren aus und eile an Madge vorbei, Ich bedanke mich beim Vorbeigehen noch bei ihr.

Es sieht aus, als hätte Douglas mehr als ein paar Kilo zugelegt. Die Knöpfe in der Mitte seines 1980er Kordsamthemdes geben sehr ihr Bestes, zuzubleiben. Sein Unterhemd aus Baumwolle schaut durch die Löcher, als wolle es fliehen, und seine Hose schwebt ein paar Zentimeter über seine Anzugschuhe.

Ein leichtes Schuldgefühl, weil Douglas keine passendere Kleidung hat, klatscht mir ins Gesicht.

Wenn Douglas jemals jemanden töten würde, würde er danach wahrscheinlich noch einige Zeit bei der Leiche bleiben. Nicht um sich mit bösem Stolz zu erfüllen, aber um selbstbemitleidend über seine Taten zu weinen und sich selbst als Mann anzuzweifeln. Er würde sich wohl am falschen Ende des Szenarios wiederfinden.

„Ahnia." Er steht auf, um mich zu begrüßen und rutscht von seinem Stuhl. Ich bin froh, dass du endlich Zeit für mich hast."

Das Mitleid in seinen Augen passt weder zu seinen Worten, noch ist es ermutigend was das betrifft. Er ist nicht froh; das ist eine freche Lüge. Ich suche nach einer Ausrede.

„Ja, es tut mir leid, dass ich so schwer aufzufinden war."

Ich schaue beschämt auf meine Füße.

„Ist okay, ist okay. Lass uns einfach anfangen, ja? Ich will dich nicht aufhalten."

„Ja, bitte," stimme ich zu und setze mich hin.

Es ist schlimmer als ich dachte. Nicht nur hört Douglas auf, er berichtet mir auch, dass meine literarische Agentin meine Vertretung aufgegeben hat. Er richtet mir eine direkte Nachricht von ihr aus, dass ich, sollte ich je ein neues Buch schreiben, wieder von vorne anfangen muss.

Scheinbar war sie so sehr damit beschäftigt, ihren Kopf im Sand zu vergraben, dass sie es mir nicht selbst sagen konnte, also musste sie Douglas die Nachricht mitteilen. Ich habe jetzt mit keinen Fuß mehr in der Tür, ein zweites Buch auf normalem Wege rauszubringen. Die Nachricht traf mich hart, wie eine Kugel. Ein schneller, schmerzhafter Schock in der Brust, der ein ausgehöhltes Loch hinterließ.

Ich starre ins Nichts und vermeide es, Douglas anzuschauen, während ich die Neuigkeiten sacken lasse. Ich höre die Worte, die er sagt, habe aber keine Antwort darauf. Dann, durch den ganzen Nebel, ist Macs Gesicht alles, was ich sehen kann. Vorne, zentral in meinen Gedanken, grinst er mich an. Ich höre Douglas gar nicht mehr, nur Mac. So komisch es auch war, sein Angebot schwirrt wie ein Tornado durch meinen Kopf. *Wir müssen etwas unternehmen und dann darüber schreiben, als Team.*

Vielleicht hat Mac recht. Es war Belle und was ich ihr angetan habe, was meinen Bestseller inspiriert hat. Vielleicht muss ich etwas unternehmen. Ich bekomme Gänsehaut und trotzdessen, wie schrecklich es sich anfühlt und wie verwirrt ich bin, könnte es funktionieren. Ich bin verzweifelt, ich bin verloren und ich bin pleite. Mac könnte die einzige Hoffnung auf Erlösung für meine Karriere als Autorin sein. Was, wenn er mir helfen kann, wieder an der Spitze zu sein? Ich mache es. Ich werde seinen komischen kleinen Plan geheimhalten und ihn besuchen.

KAPITEL FÜNF

Ich fahre diesen Weg nicht öfter, als ich es muss. Dads Haus hat sich nicht mehr wirklich wie Zuhause angefühlt, seitdem Mom nicht mehr da ist. Es hat sich erst recht nicht mehr wie Zuhause angefühlt, seitdem Dorothy eingezogen ist. Tim geht jede Woche einmal bei Dad essen. Der typische Freitagabend als Junggeselle ohne Sozialleben außerhalb der Schule schätze ich. Darauf zu warten, dass der Samstag endlich kommt, damit ich mich mit Mac treffen kann, hat mich nervös gemacht, also habe ich beschlossen, Tims Einladung anzunehmen und heute abend mit ihnen mitzuessen.

Was schlimmer ist, als das Haus, in dem ich aufgewachsen bin, zu besuchen, ist das Vorbeifahren an ein bestimmtes Haus auf dem Weg dahin. Das Haus in dem *es* passiert ist. Das Haus, wo ich mehrere Male hingeschlafwandelt bin, bis ich eine Nacht das Undenkbare getan habe. Das Haus, zu dem Tim mir gefolgt ist, aber nicht schnell genug, um die schrecklichen Ereignisse zu verhindern.

Ich gehe ein wenig vom Gas runter, gerade genug, um im Schneckentempo an Belles Kindheitshaus vorbeizukriechen.

Die Fenster sind zugenagelt. Es gibt ein paar tiefe Risse zwischen den Steinen. Einer fängt knapp über einem Fenster im Erdgeschoss an und sprießt wie die Äste eines toten Baums komplett durch den ersten Stock. Dicke Sträucher und ungepflegte Büsche bedecken den Boden und fast die komplette Farbe an der Vordertür ist verbleicht und aufgebrochen, sodass es vom Holz abblättert, als sei es vergiftet.

Seitdem *es* passiert ist hat niemand da gelebt. Belles Vater wurde wegen Mordes verhaftet und saß bis zu seinem Prozess drei Monate später im Gefängnis. Die Polizei hat unangebrachte Bilder von Belle in seiner Unterwäscheschublade gefunden. Das reichte ihnen als Beweis, um ihn im Gerichtshof als schuldig für Belles Mord zu erklären. Belles Vater war von einem dreitägigen Herointrip am Runterkommen, als ein Nachbar die Polizei anrief. Als die Polizisten ankamen und den Tatort fanden, war Belle schon seit Tagen tot.

In Wahrheit wurde Belle von ihrem eigenen Vater misshandelt und dann ermordet von einem Mädchen, dem sie schon als Kleinkind nahe war.

Mom war mit Belles Mutter befreundet, bevor sie sich von Belles ekelhaftem Vater hat scheiden lassen. Wenn Belles Mom sie nur mitgenommen hätte, so wie ihre drei älteren Brüder, wäre nichts passiert. Niemand hat wirklich verstanden, warum sie Belle bei ihrem Vater gelassen hat. Es hat keinen Sinn ergeben. Außer, dass ihr neuer Stiefvater nichts mit ihr zu tun haben wollte aber alles mit den Jungs, gab es keinen Grund, dass Belles Mutter sie im Stich gelassen hat.

Belle hat sich von all ihren Freunden abgewandt. Sie hat nur noch schwarz getragen und jahrelang niemandem mehr in die Augen geschaut. Wir waren nicht mehr befreundet und bis Charles so aufmerksam auf sie war, habe ich versucht, nicht viel an sie zu denken. Besonders, da wir uns so ähnlich sahen.

Damals ging mir die ganze Vorstellung von Belle und ihrer kompletten Familie einfach gegen den Strich.

Die ersten paar Jahre seit der Scheidung ihrer Eltern, haben Belles Brüder sie hier und da besucht. Das hat schnell nachgelassen; ich kann mich kaum an sie erinnern und falls sie je da waren, zogen sie sich zurück. Ich denke ab und zu an sie. Dad, Tim und ich waren auf Belles Beerdigung. Auch wenn es weniger als eine Woche nach der von Mom war, hatte Dad darauf bestanden, dass wir hingehen. Wir waren uns als kleine Kinder schließlich sehr nahe.

Belles Familie war nicht einmal da.

Ich werde den Tag nie vergessen, an dem sie in die Erde herabgelassen wurde. Ich habe jemanden, der sie wirklich liebt, gesucht, aber solch eine Person gab es nicht. Keine Mutter, keine Geschwister. Der Sarg war von Gemeindemitgliedern umzingelt, die aus Mitleid und Schock über den Vorfall gekommen waren. Sie taten sich überrascht vor von dem, was „der Mann getan hatte."

Ich erinnere mich an alles, was jede Person gesagt hat. Die Kommentare, das Kopfschütteln, und vor allem die fehlenden Tränen und Liebe für Belle. Ein nicht sehr unschuldiger Mann wurde für eine Tat eingesperrt, die er nicht begangen hatte. Ich bin davongekommen mit lediglich den Verlust meiner Mutter, um mich an meinem schläfrigen Fehler zu erinnern, jeden einzelnen Tag, für den Rest meines Lebens.

Die Stimme der Vernunft meiner Mutter flüstert in mein Ohr, „Ahnia, Bleib nicht stehen. *Geh immer vorwärts in deinem Leben. Denke daran."* Das sagte sie mir jedesmal, als ich in der Schule einen Fehler gemacht hatte oder ein Spielzeug kaputt-gemacht. Ein bisschen Trauer war immer in den Krähenfüßen neben ihren Augen versteckt, als sie das sagte. Der Kampf mit der Depression gab meiner Mutter eine sehr gute Einsicht in meine zukünftigen Probleme im Leben. Sie kannte mich besser, als ich mich selbst, und wegen mir ist sie tot. Wegen Belle und der schrecklichen Sache, die ich ihr angetan habe in dem Haus, an dem ich gerade vorbeifahre.

Ein Schauer kommt über mich, wie jedesmal, wenn ich an diesem Haus vorbeifahre. Es startet in meinen Füßen und wandert bis ganz oben in meinen Kopf und in meine Fingerspitzen. Ich konzentriere mich wieder auf die Straße und verdränge die Erinnerung an den Moment, an dem Tim mich gewaltvoll geweckt hat. Gedanken an ihren eingeschlagenen Kopf und meine blutdurchtränkten Kleider geben mir ein plötzliches Gefühl der Übelkeit.

Tims Jeep ist schon bei Dad auf der Straße geparkt, um mir einen freien Platz in der Auffahrt zu lassen. Ich kichere über seine unnötige Nettigkeit, wie immer. Ich schlüpfe aus meinem Auto und schlendere zur Haustür. Dad versucht darauf zu bestehen, dass ich durch die Garagentür reinkomme, wie alle anderen, aber das lehne ich ab. Das würde bedeuten, dass ich mich wohlfühle, wie Zuhause. Ich benutze lieber die Haustür, wie jeder andere Gast, der zu Besuch kommt. Ich klingele und warte, bis Dorothy die Tür öffnet. Das macht meistens sie.

Dad hat die Tür seit Jahren nicht mehr für jemanden geöffnet. Dorothy besteht darauf, Besucher zu betrachten und ein Urteil zu fällen, bis sie sie reinlässt. „Es gibt einfach zu viele Menschen mit zu vielen Geheimnissen," sagte sie ihm. „Ich bin ein Profi. Bleib du einfach sitzen und ich beurteile, ob wir ihnen erlauben sollten, unsere Gäste zu sein oder nicht."

Was für eine urteilende Hexe, denke ich, während ich geduldig auf meinem rechtmäßigen Platz auf der Veranda warte. Ich höre dem Klingeln zu, wie es in einem melodisch echoenden Rhythmus von Raum zu Raum springt. Es erinnert mich daran, wie groß dieses Haus eigentlich ist. Was einst eine Bewunderung für den Erfolg meines Vaters war, ist nun bloß ein beleidigender Schlag in mein Gesicht.

Ich fummle an der unteren Naht meines abgetragenen Nirvana-Shirts herum. Meine Ferse tippt mit meinen knie-hohen Stiefeln auf die Betonstufe, die meine gerissene Skinny-Jeans fest umklammern. Einer der einfachsten Arten, „F-dich" zu Dorothy zu sagen, ist in einem „unwürdigen Dinneroutfit" zum Abendessen zu erscheinen. Natürlich entscheide ich mich für die grungeartigsten Klamotten, die ich besitze.

Früher wollte ich das. Ein großes, sechs-Schlafzimmer Haus, voll ausgestattet mit übergroßen Wohnräumen, gewölbten Decken und einem personalisierten Badezimmer, das die Bedürfnisse praktisch jeden Gastes erfüllt, der vorbei-kommen möge. Wenn nicht in genau dieser Gegend, dann wenigstens in einer Ähnlichen, mit nur einer Straße, die herführt.

Die Gestaltung der Nachbarschaft erlaubt dir, die tatsäch-liche Größe jedes Hauses zu bewundern, da die Straße sich über einen Hügel schlängelt, von dem aus man das Tal sehen kann. Ich habe den Großteil meiner Kindheit damit verbracht, mir mein eigenes Haus hier vorzustellen. Ich habe mir selbst schon die Farbe des Gipses, das ich verwenden wollte, rausge-sucht, genauso wie den perfekt gebauten Steinzaun im Hintergarten.

Gottseidank bin ich aus der kleinen Fantasie rausgewach-sen. Ein Haus außerhalb der Stadt, mit viel Garten, Obst-bäumen und Privatsphäre wäre toll für mich. Das Haus selbst müsste nicht einmal groß sein. Ein einstöckiges Haus mit einer großen, offenen Wohnfläche und einer schönen Küche, die Art Küche, in der meine Mutter sich selbst verlieren konnte. Ich mag ihre Kochkünste nicht von ihr geerbt haben, aber ich würde niemals ein Haus kaufen, welches die Erinnerung an sie nicht auf der allerwürdigsten Art ehren würde.

Außer den Sachen interessiert mich an einem Haus nicht viel. Während ich mir erlaube, in Gedanken über was war und niemals sein mag zu versinken, schwingt die Tür weit auf und zeigt Tims großes, schiefes Lächeln.

„Du bist da!" zirpt er.

„Du bist verschwitzt," antworte ich.

„Dad und ich haben Tennis auf der Wii gespielt." Er schmunzelt. „Lust, mitzumachen?"

Ich schlurfe zur Tür hinein, taumle aus meiner leichten Jacke raus und hänge sie an einen freistehenden Kleiderständer in der Ecke des Eingangs auf. Ich schaue in beide Richtungen, blicke in die Stube nach links und dann in das erste von zwei Familienräumen nach rechts. In dem schickeren der beiden befindet sich Dorothy.

Sie steht pfeilgerade und gibt sich wie eine gepflegte Hausdame vor. Es gibt mindestens ein Dutzend Zimmerpflanzen, die alle perfekt auf dekorativen, metallernen Stufen angeordnet sind. Sie bedecken die ganze Wand, auf die jeden Tag Sonnenstrahlen geworfen werden von einem gigantischen Erkerfenster auf der anderen Seite her. Dorothy, mit einer Sprühflasche in der Hand, gibt jedem Rebstock und jedem Keim einen Spritzer. Einen nach dem anderen besprüht sie sie und dann tätschelt sie die nassen Blätter wie ein Kissen.

Rechts von ihr im Raum ist Dad. Er ist auf der Couch zusammengesunken, praktisch neben der Kante liegend. Seine Arme liegen entspannt flach neben ihm und seine Beine sind bewegungslos, sie strecken sich gerade zum Boden. Er keucht und schnappt nach Luft mit einem Grinsen so groß wie Texas. Er muss ein Spiel oder zwei gewonnen haben, denn er ist kein guter Verlierer.

Ich schaue Tim fragend an.

„Musst du das wirklich fragen?"

„Ich denke nicht."

Wir schauen beide zu Dorothy rüber, die so tut, als könnte sie aus den paar Metern Entfernung kein Wort von uns hören.

Kein Hallo, oder wie geht es dir . . . nichts. Sie richtet sich nur noch weiter auf, falls das überhaupt möglich ist, und streckt ihren Kopf zur Decke. Dann bespritzt sie noch ein paar weitere Blätter. Meine Augen werden kreisrund, bevor ich Tim leicht an die Schulter stupse.

„Bereit zu verlieren?"

Dad macht sich langsam auf die Füße, drückt sich mit seinem müden Armen und zitternden Ellbogen von der Couch hoch und grunzt die ganze Zeit dabei. Er überreicht mir die andere Bedienung, bevor er mich in eine feste, einarmige Umarmung zieht und mir einen Kuss auf die Stirn gibt.

„Ich bin froh, dass du es geschafft hast, Schöne."

Ich schaue ihm lang und liebevoll in seine alternden Augen.

„Ich auch Dad." Ich lächle.

„Nun, wenn du mich entschuldigst, ich muss nach der Lasagne schauen und dieses blöde Spiel verlassen, solange ich die Oberhand habe und meine Würde noch vorhanden ist."

„Du hattest Glück, alter Mann," sagt Tim.

Dad kichert und klopft Tim auf die Schulter, bevor er davontrottet, wobei er immer noch nach Luft schnappt. Ich lehne mich nah an Tim und sobald Dad außer Hörweite ist, flüstere ich in sein Ohr.

„Du hast ihn gewinnen lassen, oder?"

„Natürlich," antwortet er noch leiser. „Er ist ein Trotzkopf und versucht es viel zu sehr. Ich dachte, wenn ich nicht nachgebe und das Spiel beende, bekäme er wahrscheinlich einen Herzinfarkt."

Wir lachen beide und ich lasse meine Stirn in meine Hand fallen. Tim stößt ein niedliches Schnauben nach dem Lachen aus und legt dann einen Arm um meine Schultern. Dorothy hat noch nicht einmal versucht auch nur den kleinsten Augenkontakt herzustellen. Ich habe, natürlich, keine Absicht, meinen Platz zu verlassen, um ihr Hallo zu sagen, was sie offensichtlich versucht, zu provozieren. Ich drehe mich rasch um und drücke den Startknopf für das Spiel vor Tim, in der Hoffnung, einen Punkt zu ergattern, bevor er den Controller überhaupt bereithält.

Es ist nicht so, dass ich mir Punkte erschummeln müsste. Ich habe Tim in jedem Tennismatch, das wir je gespielt haben, besiegt, egal ob echt oder virtuell. Ich habe Tennis geliebt als ich aufgewachsen bin und war eine ernstzunehmende Macht auf dem Platz. Tim hatte niemals eine Chance. Basketball war immer mehr seine Komfortzone. Gib ihm einen Tennisschläger und er wird ein komischer, schlaksiger Irrer. Es sieht ein bisschen so aus, als würde er ein unsichtbares Insekt mit einer Fliegenklatsche zerschlagen wollen.

Dad schafft es gerade rechtzeitig zurück, um meinen Siegtreffer wahrzunehmen und noch ein weiteres Spiel zuzuschauen, den Underdog anfeuernd. Seine Whoops und Guter-Junge Rufe helfen nicht. Ich zeige keinerlei Gnade für Tim; dazu gibt es keinen Grund. Genau als wir einpacken und aufhören, begnadigt uns Dorothy mit ihrer Anwesenheit.

Sie steht hinter Dads Ledersessel mit ihren breiten Schultern und gekreuzten Händen. Als Tim und ich den Couchtisch wieder auf ihre richtige Position in der Mitte des Raumes stellen, räuspert Dorothy sich und erklärt, dass das Essen fertig ist.

Ich schaue gerade rechtzeitig rüber, um zu sehen, wie Dad kreuzweise über sich greift und eine liebende Hand auf die ihre legt. Er schaut sie mit funkelnden Augen an. Er ist glücklich, zufrieden, und zwar zum ersten mal seit Langem, ich bin sogar dankbar für Dorothy. Trotz der Tatsache, dass sie so hochnäsig und urteilend ist, liebt er sie aus irgendeinem Grund.

Sie hat ihn diese ganzen Jahre nie alleine gelassen, und ich kann in ihrem Blick sehen, dass sie dieses Gefühl erwidert. Es ist meine Schuld, dass Mom nicht mehr da ist, also ist Dads Glück das mindeste, auf das ich hoffen kann. Dorothy nickt leicht, als wolle sie Verständnis für eine unausgesprochene Sache ausdrücken, bevor sie wegtrottet.

„Mach weiter, Tim," sagte Dad. „Wir sind direkt bei dir."

Ich fühle, wie sich die äußeren Teile meines Gesichts zum Zentrum zusammenziehen. Wenn Dad nicht so entspannte Augenbrauen und so ein liebes Halblächeln auf den Lippen hätte, hätte ich gedacht, dass das hier eine Falle war. Er stellt seine starken, aber sanften Hände auf meine beiden Schultern und lächelt. Ein komisches Gefühl hochziehender Behaglichkeit kommt über mich; das ist etwas, das ich eigentlich nicht so kenne.

„Danke, dass du heute gekommen bist, Ahnia. Ich weiß, dass du in letzter Zeit ein paar Schwierigkeiten hattest; ich habe mit Douglas gesprochen."

Meine Schultern sinken ein paar Zentimeter unter seinen Händen. Das Gefühl von Behaglichkeit unter ihnen ist sofort verschwunden und durch das Gewicht eines Sattelschleppers ersetzt. Ich stöhne und lasse meinen Kopf dramatisch nach hinten fallen.

„Bitte Dad, können wir da jetzt *nicht* drüber reden?"

Er bewegt seine Hände weg und steckt sie in seine Taschen. Bevor ich mich um ihn herum manövrieren und zum köstlichen Geruch im Flur fliehen kann, sagt er etwas, für das ich den Großteil meines Erwachsendaseins gebetet habe, es niemals zu hören.

„Du weißt, dass du hier immer willkommen bist, Ahnia. Wenn du je Geld brauchst oder irgendwo unterkommen musst, zögere bitte nicht, zu fragen."

Ich schlucke einen dicken Brocken und schaue runter auf meine Füße.

„Danke Dad," murmle ich.

Das Gefühl von Versagen knetet sich durch meine Inne-
reien. Zum Glück macht er nicht noch weiter. Er drückt mich
nur nochmal und bietet mir dann den Haken seines Ellbogens
an. Ich stecke meinen Arm durch und genieße die Stille,
während er mich in die Küche führt.

Die Lasagne ist großartig. Sie war immer mein Lieblingsge-
richt und Dad kann sie besser zubereiten als alle anderen, die
ich jemals probiert habe. Ich lecke meinen Teller praktisch leer,
wie ein Hund, sobald ich einen Nachschlag verspeist habe. Ich
bin so satt, dass ich eine Scheibe Schokoladenkuchen, den
Dorothy zum Nachtisch geholt hat, ablehne. Lucy hat ihn
gebacken, ohne Zweifel.

„Also Ahnia," fängt Dorothy an, „Was sind genau deine
Pläne? Du weißt schon, für die nähere Zukunft?"

Sie zeigt mir ein kaltschnäuziges Grinsen, bevor ihre Zähne
in eine Gabel schokoladiger Güte versinken. Dad räuspert sich
und schaut sie warnend an, aber er sagt kein Wort. Tims Augen
wechseln schnell zwischen uns hin und her, auf eine Explosion
wartend.

„Was meinst du?" gröle ich.

Sie schluckt und tupft dann eine weiße Stoffserviette an
die Ecken ihrer Lippen.

„Hast du darüber nachgedacht, dich auf einen Job zu
bewerben oder vielleicht zurück zur Schule zu gehen?"

„Nein." Ich zeige ihr ein breites Grinsen.

„Hmm, naja, vielleicht würde es dich ja inspirieren, wenn
du einen Kurs im Kreativen Schreiben nimmst."

„Dorothy," Dad unterbricht, „Ich denke nicht, dass wir
jetzt weiter . . ."

„Nein Dad, ist okay."

Ich unterbreche ihn ruhig und versuche, mich selbst
genauso selbstbewusst wie Dorothy aussehen zu lassen. Ich

richte sogar meine Schultern, um sie wie ihre aussehen zu lassen.

„Ich habe tatsächlich mit einem Projekt angefangen, über das ich sehr aufgeregt bin. Ich denke, ich bin bald soweit, ein Buch rauszubringen, sodass Schule nicht nötig sein wird."

Tim zuckt seinen Kopf in meine Richtung.

„Wirklich?!" krächzt seine Stimme. „Warum hast du nichts gesagt? Das ist klasse!"

„Naja," Ich überlege kurz bei seiner Frage mit Macs Gesicht in meinem Kopf zur Absicherung, „Ich weiß nicht; ich dachte, es könnte vielleicht eine Überraschung sein."

Die Lüge kam zu leicht und ich fühle mich überhaupt nicht schuldig. Ich bin erleichtert, dass niemand noch weiter nachfragt. Dad reicht seinen langen Arm rüber und gibt meiner Schulter einen festen Klopfer. Die Freude in seinem Gesicht sagt mir alles, was ich wissen muss.

Das ist meine Chance. Mac soll sich besser etwas Gutes überlegt haben, denn jetzt muss ich dabei bleiben. Ich könnte es nicht ausstehen, Tim oder Dad jetzt zu enttäuschen. Außerdem freue ich mich sehr darauf, etwas zu hinzukriegen, durch das sich Dorothy mies fühlt.

KAPITEL SECHS

E s ist erstaunlich, aber heute morgen war es gar nicht schwer, früh aufzustehen. Ich bin sogar eine Stunde eher aufgewacht, als der Wecker hätte klingeln sollen. Statt, dass ich meine Augen wieder schloss, wie ich es normalerweise machen würde, brachte ich mich selbst auf die Füße und bin in den Tag gestartet.

Makeup ist eine Seltenheit für mich, aber heute war ich in der Laune. Ich wollte mich sicher fühlen und den ganzen Tricks, die Mac vorbereitet hat, gewachsen sein. Hoffentlich ist es nichts zu Scheußliches . . . gerade scheußlich genug für gute Inspiration zum Schreiben. Ich denke an Belle, während ich meine Augen perfekt mit flüssigem Schwarz unterstreiche. Ich erinnere mich daran, dass ich trotz ihres Todes inspiriert war, eben weil ich sie getötet habe. Das Buch war düster, es war unheimlich, und es war ein überwältigender Hit. Auch erinnere mich daran, dass Mac sich meines Mordes an Belle kein bisschen bewusst ist und was auch immer er für inspirierende Sachen meint, sind hoffentlich gut genug, um zu funktionieren.

Ich schließe ab, indem ich die letzten Haarlocken mit einem Glätteisen glätte. Das Geradeziehen bringt den Glanz hervor und zeigt ihre beeindruckende Länge. Ich fühle mich mit geradem Haar am sexysten, wenn es bis zu meinem unteren Rücken fällt. Ich schlüpfe in meine Lieblings-Skinny-Jeans und ein tailliertes Sommertop, bevor ich meinen Nachtschrank nach *der* Serviette durchsuche.

Die Adresse ist in den Außenbezirken der Stadt. Da ist nichts außer verwahrlosten, verlassenen Häusern und ein paar abbruchreifen Fabriken. Dieser Teil der Stadt ist schon seit Jahren geisterhaft. Niemand geht dorthin, außer ein paar Obdachlosen verzweifelt genug, um die schwer beschmutzte Industriebrache zu überwinden, um unter irgendeinem kaputten, leckenden Dach zu hocken. Es ist komisch, dass er sich hier treffen möchte, aber sei's drum. Er hat gesagt, dass er unser Treffen geheimhalten wollte. Es gibt keinen besseren Ort im gesamten Staat, um versteckt zu bleiben als eine Nachbarschaft, die selbst von den meisten Obdachlosen gemieden wird.

Ich gebe die Adresse in mein Handy ein und überlege dann noch einmal, ob ich die Serviette verbrennen soll, um meine Spur zu verwischen. Letztendlich entscheide ich mich dagegen. Es fühlt sich an, als würde ein ängstlicher kleiner Vogel mit seinen Flügeln in meinem Bauch schlagen, versuchend, zu fliehen. Am Ende lasse ich die Adresse offen auf der Küchenanrichte zwischen ein paar Stapeln Ruth Ware und Colleen Hoover Romanen liegen.

Die einzigen Menschen, die einen Schlüssel für meine Wohnung besitzen, oder ihn überhaupt benutzen würden, sind Tim und Lucy. Keiner würde auftauchen und ihn benutzen, wenn ich nicht schon eine Woche oder sogar länger vermisst wäre. Falls das passieren sollte, würde ich ihnen die Spur vielleicht gerne liegenlassen.

Ich schließe ab und eile davon Es ist früh und ich bin so

bereit wie eh und je. Mein Rucksack ist voll mit ein paar Müsliriegeln, zusammen mit meinem Computer und Mordnotizen, nur für den Fall. Ich halte nur für Kaffee unterwegs an und fummle mit meinen Fingern am Lenkrad herum. Die Straße wird immer beschädigter, als ich an ein paar verlassenen Fabriken vorbeifahre. Zerbrochenes Glas liegt in regelmäßigen Abständen über den unebenen Bürgersteig verteilt; Schlaglöcher und Risse machen die Fahrt sehr holprig.

Eine kurvige Straße führt um den letzten Parkplatz, bevor die toxische Industrie in leeren Vorort übergeht. Die Häuser sind verwahrlost, Dächer eingebrochen und Fenster sind zersplittert und zugenagelt. Ein Haus nach dem anderen haben die Verdammnis und Düsterheit der Verlassenheit diesen Teil der Stadt wie eine Plage zerfressen. Es gibt kein Zeichen von Leben. Die Wiesen bestehen nur noch aus Erde und Unkraut. Es gibt keine Blumen, keine Kinder, die auf dem Bürgersteig Fahrrad fahren und keine Rasensprenger, die den Boden befeuchten. Alle Sachen, die ich am Frühsommer liebe, fehlen.

Es gibt mehrere Häuser, von denen man die Innenwände sehen kann. Türlose Rahmen zeigen Graffiti und Brandflecken, ohne Zweifel von Gesindel und Strolchen. Selbst die haben sich einen besseren Ort gesucht. Bis auf ein paar komplett abgewrackten Autos und Steppenläufern sind die Gehwege und Auffahrten ganz leer.

Das GPS auf meinem Handy lässt mich noch ein paar Kurven fahren. Ich bemüh mich gar nicht erst, an Stopschildern zu halten oder auf Fußgängerüberwegen zu achten; das wäre absolut sinnlos. Der Blinker wird nur aus Automatik verwendet.

Wenig später fahre ich auf eine Auffahrt eines Hauses, das früher mal ein elegantes Zuhause gewesen sein könnte. Es ist drei Stockwerke hoch, das höchste im Block, und nur die Hälfte der Fenster sind zugenagelt. Die anderen sind erstaunlicherweise intakt, sogar ziemlich neu aussehend. Die Bekleidung trägt ein sonnengebleichtes Blau und die Fensterläden sind kastanienbraun.

In der Ecke des ungepflasterten Hofs steht eine Reifenschaukel. Der Reifen hängt auf einer Seite an einer Kette, als hätte sich mal jemand um sie gekümmert, aber mit der anderen Seite schleift sie über die Erde und zeigt ihre wahre Verlassenheit.

Ich stelle mir vor, dass hier einmal eine große Familie gelebt hat. Die Kinder lachen und schubsen sich abwechselnd gegenseitig an der Schaukel an, während ihre Eltern süßen Tee im Schatten des gegenüberstehenden Baumes schlürfen.

Meine Vorstellung ist ein Testament von der grausamen Realität, die der Mensch herbeiführen kann. Das Gelächter wäre nach der Verfallserklärung ihres Hauses, ihres Lebensstils und ihres Lebensunterhalts von ihren Gesichtern gewischt. Dieselbe glückliche Familie aus meinen Gedanken könnte jetzt in einer Suppenschlange in irgendeiner Stadt auf der anderen Seite des Landes stehen. Sie könnten hungern, auseinandergerissen worden sein, von oben nach unten ausgebeutet. Und wofür . . . das Schließen einer Fabrik?

Oder schlimmer, die Familie, die hier einst gelebt hat, könnte einen Teil meiner Vergangenheit mit mir teilen. Der Tod könnte schwerwiegende Folgen für diese Familie gehabt haben, sowie auf meine. Vielleicht hat hier einst ein Teen gelebt, das genauso verdreht war wie die Leute, über die ich in mein Notizbuch schreibe.

Mac schreitet aus der Haustür auf den gerissenen Beton der Veranda. Sein Lächeln ist unbeugsam und ein Schlag in meine sowieso schon sehr nervöse Magengrube. Seine Kleidung ist gewöhnlich und doch sauber, die zerrissene, bleiche Jeans komplett beabsichtigt. Er beugt seinen Daumen in Rich tung Garagentür, nickt seinen Kopf in dieselbe Richtung und formt mit seinem Mund lautlose Worte in der Luft.

„Ich mach dir auf."

Ich nicke ungeschickt zurück. *Er ist schon eine merkwürdige Erscheinung*, denke ich. Mac, mein Ritter voller Geheimnisse in befleckter Rüstung. Umherzuschleichen in einer toxischen Nachbarschaft hat etwas, das mir einflüstert, nach Hause zu gehen, umzudrehen, jetzt wegzurennen. Gleichzeitig füllt es mich randvoll mit Hoffnung, ein Meisterwerk zu schreiben. Zusammen mit einem starken Gefühl der Neugier in all seiner Schönheit und Wunderhaftigkeit.

Sobald die Tür sich öffnet, fahre ich mein Auto in die Garage. Ich schalte den Motor ab und steige aus. Das große Tor aus Zinn schließt sich hinter mir mit einem Knopfdruck an der Wand. Mac, mit demselben stolzen Grinsen, steht im Türeingang des mysteriösen Hauses.

„Du bist hier," lächelt er, „und sogar rechtzeitig. Ich bin beeindruckt."

Und da ist es . . . sein beleidigendes Kompliment.

„Ja ja. Bittest du mich noch rein, bevor du mich in Scheiben schneidest? Oder machst du mich jetzt in der Garage kalt, um weniger saubermachen zu müssen?"

Er lässt sein bezauberndes Kichern erklingen.

„Komm rein. Ich mache Frühstück."

Ein unverkennbares Summen von Stromgeneratoren kommt die Kellerstufen hoch. Das Treppenhaus befindet sich zu meiner Rechten, am Anfang der Garage. Links beim Treppenabsatz ist ein kleiner Torbogen, der in die Küche führt. Ein Deckenventilator mit dumpfem Licht ist in der Mitte des Raumes angeschaltet. Es ist kaum genug Licht, um den Raum zu beleuchten, da die ehemalige Schiebetür aus Glas an der Hinterwand zugenagelt ist.

Das erste, das mir in den Kopf kommt, ist Kohlenstoffmonoxid. Sollte es nicht eine Art Belüftung geben, bevor man drinnen einen Generator benutzt? Ach was soll's, es ist wie es ist. Wenn ich in diesem Haus sterbe, habe ich Tim und Lucy zumindest die Adresse gelassen. Draußen steigt die Sonne über die Hügel und schafft den schönsten Himmel. Und wir verstecken uns hier hinter dicken Korkholzplatten über den Fenstern und Türen. Die Küchenschränke sind aus altem Zedernholz und gut intakt. Die Arbeitsplatten aus Zinn sind voller Chips, Kratzern und Brandflecken.

Ich setze mich auf einen der beiden Hocker, die gegen eine Rundum-Tischplatte lehnen, und schaue Mac dabei zu, wie er die Würstchen auf dem mitnehmbaren Propanofen fertigbrät. *Mehr Gase, wie schön.*

„Ich muss sagen Mac, es ist schrecklich hier. Es gefällt mir überhaupt nicht, was du aus dem Haus gemacht hast."

„Aw," stachelt er zurück, „aber du hast die Aussicht noch gar nicht sehen können."

Ich stelle meinen Kaffee auf die Arbeitsplatte, richte meinen Rucksack auf dem Boden bei meinen Füßen und hole meinen Laptop dann raus. Es gibt hier offensichtlich kein Wi-Fi, also öffne ich ein leeres Word-Dokument mit der Absicht, mich direkt an die Arbeit zu machen. Ich bin hier nicht hergekommen, um herumzutrödeln oder gar eine Freundschaft zu schließen. Viel eher werde ich so viel wie möglich Abstand zu Mac halten. Wer weiß, was er vorhat, und die ganze Sache mit emotionaler Nähe komplizierter zu machen kommt nicht in Frage.

Ich schaue hoch, während er die Würstchen auf ein paar Papierteller verteilt und dann einen Eierkarton aus einem kleinen Kühlschrank an der Wand holt. Er schmeiß ein paar in die Pfanne und holt dann eine Rebe Weintrauben raus. Natürlich muss er ein guter Koch sein. Wenn er kein Schleicher und

Schwindler wäre, der verlobt ist, wäre er der perfekte Fang. Was mich an *sie* denken lässt.

„Also, Mac?"

„Ja?"

„Wo ist deine Verlobte? Du weißt schon . . . die Frau, die wie ich aussieht? Wie hast du sie genannt? Lauren?"

„Lorraine, und sie ist in New York. Sie ist auf Geschäftsreise."

„Für dein Geschäft?"

„Jap, also, unser Geschäft. Sie hat ein hübsches Gesicht und eine stolze Haltung, also ist sie diejenige, die wir losschicken, um neue Kunden einzufangen. Taktik."

Er dreht sein Gesicht zu mir, während er auf eine saftige Weintraube mit einem breiten Grinsen zerbeißt.

„Willst du eine?" bietet er an.

Ich lächle nur und schüttle den Kopf, während ich meine halbleere Kaffeetasse in der Luft herumwirble. Er senkt sein Gesicht irritiert.

„Erzähl mir nicht, dass du nichts hiervon essen wirst. Ich habe genug gekocht, um eine junge, polygame Familie zu ernähren."

Ich kichere, ohne es zurückhalten zu können. Ich fühle mich eigentlich erstaunlich wohl; je länger ich bei ihm bin, desto besser geht es mir. Es ist so, als hätte er eine komische, beruhigende Macht und könnte meine Seele von innen umarmen.

„Nah," sage ich ihm. „Ich werde essen. Ich trinke nur immer gerne zuerst meinen Kaffee auf."

„Gut," sagt er, bevor er einen Viertelliter Orangensaft aus dem Kühlschrank holt und sie in die große Furche auf die Arbeitsplatte stellt. „Für nach deinem Kaffee."

„Also, was ist denn dein großer Plan? Hast du mich in ein

verbanntes Ödland bestochen, nur um mir Frühstück zu machen und mir zu sagen, wie schön deine baldige Frau ist?"

Mac lehnt sich über die Theke auf seine Ellbogen und verringert den Abstand zwischen uns. Sein Blick ist intensiv und sein Gesichtsausdruck ist flach, komplett unlesbar. Ein stoppeliges Kinn ruht auf seinen Knöcheln. Ich halte den Atem an, während er tief in meine Augen starrt. Es ist leise genug, dass ich das Ticken seiner Louis Cartier Uhr hören kann. Das dunkle Leder passt perfekt, etwas locker um sein Handgelenk. Alles, was ich in diesem Moment fühlen kann, ist ein beständiges schlagen meines Herzens und ich bin mir der unangenehmen Menge Speichel in meinem Mund akut bewusst.

„Nein," sagt er, als er sich auf seiner Ferse umdreht, um die Eier zu wenden. „Du bist noch nicht bereit."

„Bereit wofür?" verlange ich, ein bisschen irritiert, weil die Intensität seines Egos mich antörnt.

„Den Raub."

Ich lache, „Den was?"

„Das Unternehmen, die Inspiration, der Rückfall als Autor . . . Unser Raub."

„Du benutzt mich, um etwas zu rauben?"

„Nicht ganz . . . aber so ungefähr."

„Das verstehe ich nicht," sage ich, während meine Finger auf der beschädigten Theke trommeln.

Mac kreiert einen üppigen Teller mit Leckereien. Ich habe nicht realisiert, wie sehr ich Frühstücksessen, welches nicht entweder beim Zubereiten verbrannt ist oder nur aus Zucker besteht, vermisst habe. Ich nehme den letzten Schluck Kaffee und fange an. Der Geschmack ist himmlisch. Ich schaufle meinen ganzen Teller herunter, während ich Mac beim Reden zuhöre.

„Ich habe noch nicht entschieden, was die Hauptsache sein soll. Aber ich glaube, es muss gefährlich sein. Wir brauchen etwas intensives, für wahre Inspiration. Wir brauchen das Gefühl von Risiko, um darüber zu schreiben. Denkst du nicht?"

Macs Augen durchbohren mich und seine Lippen sind aufeinandergepresst. Er hat sein Essen kaum angerührt. Ich denke an Belle. Er hat recht; es waren die echten Gefühle von Angst, Gefahr, Adrenalin, und sogar Verwirrung, die den Plot meines Bestsellers zum Leben erweckt haben. Ich hatte meinen Charakter außerhalb meiner selbst beschrieben, sie konnte den Drang zu töten nicht kontrollieren . . . genau wie es bei mir war, als ich Belle im Schlaf ermordet habe. Es braucht ein wenig Mühe, um das abgebissene Wurststück in meinem Mund zu schlucken.

„Ich denke schon," sage ich, bevor ich es mit einem großen Schluck Saft runterspüle. „Scheint mir allerdings etwas waghalsig. Ich weiß ja nicht, wie es dir geht, aber ich möchte nicht mein ganzes Leben im Gefängnis sitzen, nur weil ich Inspiration brauchte."

„Weshalb wir uns ja einen fehlerlosen Plan überlegen und zusammenstellen müssen."

„Okay, 007," übertreibe ich, „an was für *Überlegung und Plan* denkst du denn?"

„Lass uns zu Ende frühstücken." Er grinst. „Dann zeige ich es dir."

Während wir unsere Bäuche füllen, erklärt Mac mir, wie er mehrere Häuser in diesem Stadtteil bei Verfallsauktionen gekauft hat, als alle Geschäfte in der Nähe abgestürzt waren. Er hat sie nahezu kostenlos unter dem Geschäftsnamen gekauft und eine Wiederbelebung oder Boom in der Zukunft erwartet. Solch eine Umkehr ist nicht passiert. Noch nicht, jedenfalls, und praktisch alle Häuser sind jetzt für die Ewigkeit verdammt. Scheinbar hat Mac sich in ein tiefes Loch gegraben mit mehreren Geschäftsinvestitionen und trotz der Bemühungen seiner Verlobten ist MacConell's Marketing kurz vor dem Absturz seines Lebens.

Mac braucht genauso dringend eine Wende wie ich. Ich kann nicht ausmachen, ob diese ganzen Neuigkeiten beängstigend oder tröstend sind. Auf der einen Seite, weiß ich, dass er sein bestes geben wird, etwas passieren zu lassen, unser Abenteuer einen Erfolg werden zu lassen. Er wird keinen Rückzieher machen und mich mit den Konsequenzen unserer Handlungen alleine lassen, weil hoffnungslose Situationen nach hoffnungslosen Taten schreien. Auf der anderen Seite, ist sein Urteilsvermögen getrübt und ich weiß nicht, ob ich meine ganze Zukunft in seine trügerischen Hände legen soll.

Mac gibt mir eine kurze Tour die Stufen der Treppe des Hauses hoch, durch den zweiten Stock und führt mich durch einen kleinen Flur im obersten Geschoss. Wir gehen in ein kleines Schlafzimmer mit dem verschmutzten Teppich, der von einem Ende des Raumes zum anderen mit abgerissenen Teilen einer Zeitung verstreut liegt. Mac öffnet das Fenster und klettert auf das Dach. Er bietet mir seine Hand an, sodass ich ihm folgen kann.

Die Sonne ist ziemlich blendend. Es fühlt sich an, als wären wir Höhlenmenschen, die aus ihrem Leben der Dunkelheit und Einsamkeit ausbrechen. Ich bedecke meine Augen, stelle einen Fuß auf die Fensterbank und lass mich von Mac in die frische Luft ziehen. Meine Augen gewöhnen sich schnell und ich bin erstaunt von dem, was vor mir liegt. Mac hat keinen Scherz gemacht, als er die Aussicht erwähnte. Ich dachte, er würde nur herumwitzeln, aber wow! Es ist wunderschön hier oben. Ich schnappe nach Luft, nicht ganz bei mir selbst, und drehe mich langsam im Kreis, um alles zu sehen.

„Von allen Häusern in Michigan, ist genau das hier der Grund, warum ich dieses hier zum Arbeiten ausgesucht habe."

„Und damit meinst du heimlich herumschleichen?"

„Ich meine arbeiten . . . du und ich. Lass uns anfangen, wollen wir?"

Ich lasse mich auf einen der beiden klappbaren Strandstühle fallen, die angenehm mit dem Gesicht weg von der Morgensonne hingestellt wurden. Mac nimmt sich den anderen Stuhl. Zwischen uns ist ein Kaffeetisch mit einem schön angerichteten Blumentopf draufstehend und zwei Plastikkisten darunter.

Wir schauen über den gesamten Bezirk und etwa die halbe Stadt, und doch sind wir von den Kurven und Spitzen der Dächer verborgen. Dieser Ort ist perfekt. Wenn ich in einem Haus leben würde, das so ein Dach hätte, würde ich es in ein Gartendeck umwandeln. Der perfekte Rückzugsort, um sich zu verstecken und der echten Welt zu entfliehen. Mac zieht eine der beiden Kisten an ihn ran und holt ein Fernrohr raus.

„Hier," sagt er, „Zeit für die Recherche."

„Du willst mich doch verarschen."

„Nein," sagte er mit einer eiskalten Stimme. „Bedien dich. Me casa . . . und der ganze Kram."

Ich murmle ein flüsterndes „wow", bevor ich mir das Fernrohr schnappe.

Eins nach dem anderen, finde ich mein Wohnhaus. Wie ich vermutet hatte, kann man perfekt in mein Wohnzimmer schauen. Ich sage kein Wort und danke Gott einfach dafür, dass man nicht ins Schlafzimmer schauen kann. Dann suche ich Dads Haus und danach Tims kleine Mietwohnung beim Campus. Beide sind sichtbar, aber nur teilweise. Die nebenliegenden Gebäude blockieren den kompletten Spionageblick. Zu guter Letzt schaue ich auf Belles Haus. Ich halte den Atem an, bereit zu lügen, falls Mac mich fragt, wo ich hinschaue und warum. Zum Glück ist es nahe bei Dads Haus, sodass ich damit wegkommen könnte, falls nötig.

Zu meinem Erstaunen interessiert Mac sich scheinbar gar

nicht dafür, was ich mir anschaue. Er hat augenscheinlich seine eigenen Interessen. Ich lege das Fernrohr auf meinen Schoß und versuche, herauszufinden, wo er das seine hinhält. Ich könnte natürlich fragen, aber ich bin etwas neugierig, was er selbst bereit ist, mir zu sagen. Ich denke, es ist Zeit für mich, mich zurückzulehnen und ihn zu beobachten. Mac reicht wieder in die Kiste, diesmal holt er ein Notizblock und einen Kuli hervor.

„Ich habe eine Liste," sagt er, „mit Möglichkeiten zum Stehlen."

Ich seufze; er hat das wirklich durchdacht. Ich bin kein Dieb, das war ich nie, und das wollte ich nie sein. Selbst wenn ich als Kind im Schlaf einen Mord begangen habe und ich als Erwachsene über das Töten tagträume, denke ich immer noch, dass mein Niveau höher ist als solcher Unsinn. Ich lege meine Füße auf den Stuhl und kreuze ein Bein über das andere. Das könnte interessant werden; da kann ich es mir auch gemütlich machen.

„Okay," sage ich ihm, „also, wenn ich deinen Plan gehört habe und wir deine kleine Liste gekürzt haben. Wie stellen wir die eigentliche Tat an? Tragen wir Masken und treten Türen ein? Ich meine, du und ich sind nicht wirklich Experten in Raubtaktiken, wenn du mich recht verstehst."

„Du vielleicht nicht, aber ich habe geübt."

Das Lachen platzt aus mir heraus; ich kann nichts dagegen machen. Es ist auch nicht bloß ein Kichern. Es ist ein sehr lautes Prusten, das Lachen, von dem dir die Seite wehtut.

„Das muss ich hören," gröle ich.

„Da," Mac zeigt auf einen alten Industrieplatz. Es gibt dort ein großes Schild über der Fassade des Hauptgebäudes, aber die Wörter sind verwittert, und auch durch mein Fernrohr kann ich den ehemaligen Namen nicht erkennen. Es gibt insgesamt vier Gebäude auf dem Platz. Mindestens einer von ihnen muss ein Lager gewesen sein, da es mehrere Ladeplätze hat. Es gibt kaum Parkplätze für Angestellte und der gesamte Komplex ist von einem Elektrozaun umhüllt mit Stacheldraht obendrauf.

„Jaa! Was ist das für ein Ort? Irgendein Gefängnis, von dem ich nicht wusste, dass es existiert?"

„Es war irgendein Testlabor der Regierung."

„Bist du dir da sicher?" frage ich.

„Jap. Ich habe herausgefunden, dass es das einzige Gebäude hier in der Gegend ist, welches immer noch video-überwacht wird. Du solltest es von innen sehen. Sie haben es vor fünfzehn Jahren geschlossen, aber es wurde einiges an krassem Scheiß hinterlassen."

„Wie zur Hölle kannst du das einfach herausfinden?"

„Ich bin ein Geek."

„Entschuldigung?"

„Ein Hacker. Warst du dir nicht bewusst, dass die meisten Leute im Marketingbusiness das ein oder andere über Compu-tersysteme wissen und wie man auf gesperrte Datenbanken zugreift?"

„Nein, das wusste ich nicht. Lucy hat eine Freundin im Marketingbereich, und sie ist eine Idiotin."

„Vielleicht ist Lucys Freundin in der falschen Business-branche."

„Vielleicht bist du das."

„Da hast du vermutlich recht."

Ich lege mein Fernrohr wieder auf meinen Schoß und starre ihn an. Ich bin etwas überrascht und bewundere Mac ein wenig. Er reagiert gar nicht auf mein Gaffen, er schaut einfach weiter in sein vergrößerndes Spionagegerät. Nach einer Minute, in der ich erfolglos versucht habe, ihn zu verstehen, wende auch ich mich wieder zum geschlossenen Labor und beobachte es.

„Es fühlt sich an, als würde ich dich gar nicht kennen," sage ich ihm.

„Weil du es nicht tust."

„Also, was bist du? Ein Autor? Ein Vermarkter? Ein Dieb? Oder ein genialer undercover Computerhacker?"

„Ahnia, ich bin einfach ein beschäftigter Mann mit einem hohen IQ. Ein Typ, der zu viel überlegt, tüftelt, überanalysiert und wenig schläft. Ich denke, so kann man mich zusammenfassen."

„*Hmmpf.*" Ich schnaube komischerweise zustimmend. „Also, erzähl mir von dem Gebäude. Woher weißt du, was sich darin befindet?"

„Das Überwachungssystem läuft über eine alte Datenbank; die Kodierung war leicht zu entschlüsseln und es gibt Lücken. Ich habe einen Bug eingefügt, der dieselben fünfzehn Minuten auf Dauerschleife abspielt und den Strom auf der Nordseite abstellt, um ein Loch in den Zaun zu schneiden. Ich kann es nur periodisch machen und nur ein paarmal hintereinander. Ich bin diese Woche zweimal unbemerkt drin gewesen, aber ich kann jetzt mindestens eine Woche nicht rein."

„Ich bin beeindruckt Mac . . . ein bisschen verstört, aber beeindruckt."

„Oh danke sehr Ahnia." Er grinst sein breites, sexy Lächeln in meine Richtung. „Jetzt weißt du warum ich so überzeugt davon bin, dass wir einen echten Job schaffen."

„Sei dir noch nicht so sicher. Wir haben noch nicht einmal einen Plan, von dem wir überzeugt sein könnten, oder?"

„Ich schätze du hast recht." Er schaut finster auf die Ödnis des Bezirks unter uns. „Willst du ein paar Sachen sehen, die ich aus dem Gebäude mitgenommen habe? Vielleicht können wir etwas davon gebrauchen, weißt du, falls wir während der Tat irgendwelche Notfälle erleiden sollten."

Er erinnert mich an ein eifriges Kindergartenkind, das mit

seinen Spionagespielzeugen bei einem Freund angeben möchte. Einen Moment lang überlege ich, ob ich mitspiele oder einen Babysitter anrufen möchte. Die Neugier setzt sich durch und ich überzeuge mich selbst davon, dass ein Mann so muskulös und rustikal wie Mac sich zu jedem Zeitpunkt wie ein Kind verhalten kann; ich werde mitspielen.

„Sicher," kichere ich.

Mac zieht die andere Kiste unter dem Tisch weg. Er kramt darin rum und stellt einige Objekte auf den Tisch. Darunter sind Reagenzgläser und jede Menge eigenartiger Chemikalien.

„Chloroform? Schwarzpulver? Was zur Hölle willst du mit den ganzen Sachen anstellen?" frage ich. „Ich meine, solltest du das alles überhaupt zusammen lagern? Was wenn du alles in die Luft jagst?"

„Keine der Behälter ist leck. Es wird wohl alles gut gehen."

„Warum würdest du diese Sachen überhaupt mitnehmen wollen?"

„Wie meinst du?" Seine Verwirrtheit kommt realistisch rüber.

„Es ist komisch, oder?"

„Vielleicht, aber wie könnte ich es *nicht* mitnehmen?" Er kratzt sich ans Kinn. „Es könnte hilfreich sein."

Ich schüttle bloß den Kopf und belasse es dabei. Wir reden weiter über Gefahr und das Kreieren der Gefühle, die wir zum Schreiben brauchen, etwas mit echter, tiefgehender Motivation. Ich lege mein Leben in die Hände eines genialen Lügners, der Zugang zu Chloroform hat. Ich habe ein mulmiges Gefühl.

In wieviel mehr Gefahr könnte ich mich noch begeben, als ich eh schon bin? Meine Gedanken schwirren zu meinem Bestseller. Kein Wunder, dass er mich ausgewählt hat, ich habe ein komplettes Kapitel über Betäubung geschrieben, einen Charakter, der keine Kontrolle über seinen Körper hat. Sie hat scheußliche Taten begangen, während ihre Gedanken ganz woanders waren.

Ich fühle, dass seine Augen auf mir fixiert sind, während ich mich an mein eigenes Geschriebenes erinnere. An meinen Vergleich von dem, was ich Belle angetan habe, zu dem, was mein Charakter ihren Opfern angetan hat. Ich weiß nicht, was gerade durch Macs Kopf geht, aber sein Grinsen wächst und sieht überlegt aus. Die bereits gestohlenen Waren zusammen mit Macs Hackingfähigkeiten und Selbstbewusstsein füllen meinen Kopf mit Möglichkeiten. Ideen schießen wie verrückt durch meinen Kopf und ein fiktives Buch zu schreiben und es mit wahren Begebenheiten zu vermischen—herzerschütternde Erinnerungen, könnte ein zweites Mal für mich funktionieren.

Ich schaue über Macs Liste drüber. Auf ihr stehen mehrere Einkaufzentren und ein paar Kunsthallen. Für mich ist keine von ihnen das Risiko wert. Dann ein Call Center, das er wahrscheinlich aufgrund des Equipments aufgelistet hat. Als Techie kann er die Sachen von da bestimmt gebrauchen, aber etwas zu Großes und Schweres würde eine offensichtliche Komplikation darstellen. Als nächstes eine Bank, das ist ein riesiges, fettes NEIN. Da steht auch ein alter, örtlicher Schmuckladen.

Hmm, das ist etwas, worüber ich gerne mehr hören möchte. Wenn er wirklich so schlau ist, wie er behauptet, könnten wir das schaffen. Ganz abgesehen von dem Geld, das wir mit dem Raub verdienen könnten. Wenn wir mit dem Verkaufen und Ausgeben lange genug warten, um nicht erwischt zu werden natürlich.

„Ich denke, wir sollten mehr über den Schmuckladen reden," sage ich ihm.

KAPITEL SIEBEN

Ich habe nie wirklich verstanden, warum das Licht in Möbelläden immer so dunkel und trüb ist. Ich meine, ich verstehe, dass sie ein angenehmes Ambiente schaffen wollen, vollkommen klar. Aber wenn ich Dad heute wirklich eine neue Couch für mich kaufen lasse, würde ich vorher gerne die genaue Farbe sehen können.

Es ist drei Tage her, dass ich mich mit Mac getroffen habe und es fühlt sich ehrlich gesagt wie eine Ewigkeit an. Ich vermisse ihn tatsächlich, was ein neues Gefühl für mich ist. Wir haben uns vorgenommen, ein paar Hausaufgaben zu machen und wollen unsere Mission am Samstag wahr machen. Wir treffen uns früh am Morgen, besprechen Plan A und Plan B, oder was auch immer für Notfallszenarien, die uns einfallen, und agieren bei Anbruch der Nacht.

Ich habe meine Zweifel. Ich bin sogar unglaublich ängstlich. Aber was habe ich sonst für eine Wahl? Außerdem, wenn wir vorbereitet reingehen und den Job schnell und leicht hinter uns bringen, sind unsere Chancen, unversehrt davonzukommen, sehr realistisch. Ich weiß nicht, ob ich komplett hypnotisiert von Macs Selbstvertrauen bin oder ob ich wahrhaftig einen standhaften Glauben an ihn habe, weshalb ich vorhabe, den Raub zu realisieren. Er ist meine letzte Hoffnung auf eine zweite Chance, und ich werde sie nicht an mir vorbeigehen lassen.

Egal wie nervös ich bin, es ist Zeit, etwas Großes zu machen. Wir habe nicht die Absicht, die gestohlenen Güter in der nächsten Zeit zu verkaufen. Wir würden mit Sicherheit erwischt werden. Wir haben nur vor, es sicher zu lagern, für mindestens zehn Jahre, bis die Luft rein ist. Das war meine eindeutige Bedingung dafür, dass ich solch einer skandalösen ‚Geschäftsidee' zustimme. Das Geld muss zunächst vom Roman kommen, nicht von der Raubware. *Genau wie mit Belle, darf keine wissen, wo meine Inspiration herkam.*

Die kurze Zeit ist ein enormer Knackpunkt. Wir müssen den Job erledigt haben, bevor die kleine Miss Lorraine aus New York zurück ist, und dazu kommt, dass wir genug Zeit brauchen, ein Buch zu schreiben, bevor wir beide völlig bankrott sind. Ein Roman braucht seine Zeit. Zeit, die wir nicht haben. Das macht unserer Vorbereitung zum Raub und die Ausführung davon ordentlich zu schaffen. Wir haben keine Zeit, herumzualbern. Es ist ein rein-und-raus Job. Reiß es ab wie ein Pflaster, egal wie gruselig und schmerzhaft es ist. Dann können wir die Belohnung hinterher ernten.

Immerhin habe ich Macs Geschäftsseite nicht mehr gestalkt und Lucy hat kein Wort mehr über ihn gesagt. Mein Dad besteht darauf, mir eine neue Couch zu kaufen als vorzeitiges Geburtstagsgeschenk. Scheinbar macht es ihm nichts aus, dass mein Geburtstag noch mehr als zwei Monate in der Zukunft ist. Er und Tim hatten die glorreiche Idee, mir ein vorzeitiges Geschenk zu geben als Ermutigung für mein nächstes Buch. So als würde ich, wenn ich mich richtig wohlfühlen würde in meiner Wohnung, da bleiben und schreiben, bis ich fertig bin. Wenn sie nur wüssten, wie viel Zeit ich vorhabe *nicht* da zu sein.

Offensichtlich habe ich mich verweigert, ihnen irgendwelche Details zu meinem Schreibprojekt zu erzählen, außer, dass es ein weiterer Kriminalroman wird. Es könnte nicht vager formuliert sein! Es ist lustig, wie Kriminalgeschichten und Psychothriller so nah aneinander, Hand in Hand, und doch so unterschiedlich sein können.

Inzwischen habe ich schon Ideen für das Konzept zusammengetragen. Vielleicht hatte Mac recht, ein Genreswitch zusammen mit Inspiration aus meinem echten Leben könnten genau das sein, was ich brauche. Meine eigenen Hausaufgaben für die Woche stehen bevor mit Charakteren und Handlungssträngen für das Buch. Währenddessen knackt Mac die Sicherheitssysteme des Juweliergeschäfts und plant den Angriff Schritt für Schritt.

„Oh, die hier liebe ich!" sagt Lucy, als sie sich rechts von mir hinplumpst.

Tim kommt zu meiner Linken dazu. „Ich auch."

Sie laufen die ganze Zeit umher und tun so, als würden sie versuchen, die perfekte Couch für mich zu finden, aber ich habe sie beobachtet. Tim meidet Augenkontakt und Lucy ist nur hier, um ihre Hand hin und wieder an seine zu streifen, in der Hoffnung, dass er darauf eingeht. Dad ist vor zwanzig Minuten gegangen. Sein Möbelgeschmack ist geradezu peinlich.

Er hat gesagt, dass seine Knie weh taten, aber nach den endlosen Anrufen von Dorothy konnte ich sagen, dass es ihm gereicht hat. Er hat sich wahrscheinlich der dringlichen Verabredung, die sie ihm eingeredet hat, gebeugt. Er hat mir seine

Kreditkarte dagelassen und eine Ausgabenobergrenze erteilt, bevor er mir einen Kuss auf die Stirn gab und rausgedöst ist.

„Ich mag sie auch," stimme ich zu. „Die kohleartige Farbe ist perfekt. Ich fühle mich aber immer noch blöd; ich hasse es, mir so etwas Großes von Dad kaufen zu lassen."

„Tu das nicht," sagt Tim, obwohl er noch nie Almosen brauchte . . . nicht ein einziges Mal in seinem ganzen Leben. „Dad hat das Geld. Schieb es wenn überhaupt auf mich. Es war eh meine Idee."

Ich schlage seinen Arm und er tut so, als würde er schmerzhaft zusammenzucken. Lucy kichert, gar nicht sich selbst. Sie macht fast nie etwas mit uns beiden zusammen und jetzt weiß ich wieder warum. Sie ist wie ein High School Mädchen, das von dem Typen schwärmt, der wegschaut. Ich reibe meine Hände an das Leder und fahre die erweiterte Fußlehne unter meinen Zehen aus.

„Jap, ich denke die hier ist es."

Lucy tut es mir gleich und legt ihre Füße auch hoch.

„Wenn du die hier nicht nimmst, werde ich das Angebot deines Dads annehmen müssen," sagt sie. „Ich könnte auf dieser Couch wohnen."

„Da stimme ich dir schon wieder zu," sagt Tim, bevor er so tut, als würde er einnicken.

Ich kichere und schüttle den Kopf.

„Also," sagt Lucy. „Wenn es diese hier ist, was hast du als nächstes vor? Wollen wir Essen gehen?"

„Nah," sage ich. „Ich habe viele Ideen, die durch meinen Kopf rasen. Wenn ich sie jetzt nicht aufschreibe, werden sie verloren sein."

„Das will niemand." Tim ergreift das Wort, bevor Lucy eine Chance hat, die Einladung nur an ihn zu richten. „Ich sollte auch wahrscheinlich lernen gehen. Ich habe morgen einen Test und ich habe das Kapitel noch nicht einmal angeschnitten," sagt er, allerdings rührt er sich kein bisschen aus der zurückgelehnten Position, in der er sich befindet.

„Ich kann kaum glauben, dass du auch Sommerkurse nimmst," schwärmt Lucy. „Ich denke, du verdienst eine Pause. Mach etwas, das dir Spaß macht, bevor das wirklich Harte auf dich zukommt. Die Hochschule wird dich fertig machen."

„Ja Tim," Ich stoße ihn an und rolle meine Augen in ihre Richtung. „Etwas, was dir Spaß macht." Ich grinse, zeige ihm jeden Zahn, den ich entblößen kann und zwinkere ihm zu, sodass Lucy es nicht sehen kann."

Er wird rot hinter einem versucht bösen Blick, bevor er mir wie ein Fünfjähriger die Zunge rausstreckt.

„Habt ihr beide Spaß," lächelt er schließlich zurück. „Ich habe zu lange nichts für meine Zukunft gemacht. Ich würde gerade lieber etwas für mein Studium machen."

Statt dass er aufsteht, lehnt Tim sich weiter zurück und kuschelt sich in die Kissen hinein. Auf seinem Gesicht kommt ein tiefes Grübeln oder etwas Ähnliches auf. Er ist so komisch.

„Ganz wie du willst," sage ich. „Ich werde diese wunderschöne Couch kaufen und dann im Wi-Fi Café vorbeischauen."

Es gibt ein Einkaufzentrum an der Straße gegenüber des Juweliergeschäfts, das Mac für uns ausgesucht hat; es beschäftigt mich schon seit Tagen. Er hat mir vom Café im Zentrum erzählt, aber ich habe es mir noch nicht angeschaut, damit vor unserem Job nicht auf zu vielen Security Kameras zu sehen bin.

„Vielleicht wird eine Änderung des Szenarios mich auf Zack halten wenn ich schreibe. Lucy, warst du je in dem Lokal auf der 34?"

„Nein," sagt sie.

„Wenn du in ein paar Stunden immer noch Hunger hast,

denke ich, dass ich dahin gehe. Gib mir Zeit, ein Kapitel rauszuhauen und ich bin ganz deins."

„Perfekt!" strahlt sie. „Ich war noch nie da, aber da in der Nähe ist ein Schuhladen, den ich schon seit Ewigkeiten erkunden möchte."

„Es ist ein Plan," sage ich. „Viel Spaß beim Lernen, Nerd," Ich haue Tim ein zweites mal an dieselbe Stelle wie vorhin. „Wir Mädchen müssen ein paar Geschichten erfinden und Schuhe anprobieren."

„Ich hoffe du kriegst ein Überbein." Murmelt er, während er seinen Arm reibt. „Bis dann, Lucy."

Tim springt auf die Füße und macht sich auf den Weg nach draußen, bevor Lucy die Chance hat, mehr zu sagen als ein schnelles „Ciao Tim."

Gut gemacht Tim, denke ich, *vielen Dank, dass du alles weniger unangenehm machst.* Lucy seufzt und schüttelt den Kopf, bevor sie sich auf meiner bald neuen Couch wieder aufrichtet.

„Glaubst du, er ist vom anderen Ufer?" fragt Lucy.

Ich huste und verschlucke mich an meinem Speichel. Das ist überhaupt nicht das, was ich erwartet hatte, was sie sagen würde. Vielleicht wie süß er ist oder wie sehr sie eine Chance von ihm bekommen möchte. Ich denke darüber nach, trotz mir selbst . . . es würde tatsächlich Sinn ergeben.

„Vielleicht," teile ich meine Gedanken schließlich laut mit. „Ich weiß es aber nicht. Ich glaube, er hätte dann schon etwas gesagt. Er hat keinen Grund, aus dem er sowas verstecken müsste . . . weißt du? Wir würden ihn unterstützen und das weiß er."

„Hatte er je wirklich eine Freundin?" fragt sie neugierig nach.

Oh Mann, denke ich, ich muss hier rauskommen. Oder sie

irgendwie ablenken. Das ist das letzte Gespräch, das ich gerade führen möchte.

„Mir fällt gerade ehrlich gesagt keine ein. Aber weißt du was Lucy? Ich bin sicher, dass du, sollte er sich irgendwann festlegen wollen, die erste auf seiner Liste bist."

„Ja..." Sie schaltet ab und starrt in ein riesiges Nichts.

„Also, Mittagessen?"

„Ja."

„In zwei Stunden?"

„Klar."

Lucy sieht immer noch in Gedanken versunken aus, aber ich kann ihr nicht in die Karten spielen. Ich rapple mich auf.

„Also gut," sage ich. „Ich missbrauche Dads Kreditkarte und treffe dich dann da."

Lucy schließt ihre Augen und lehnt sich gegen die Couch, die Hände hinter den Kopf gefaltet und ihre Ellbogen in die Luft gehoben.

„Mach dein Diiiinng Girl . . . ich werde da sein."

Ich lächle und lasse sie auf meinem bald permanenten Wohnungsaccessoire in Ruhe. Ich zahle schnell und gehe auf direktem Weg zum Wi-Fi Café. Mein Gehirn arbeitet wie ein Hamster in seinem Rad. Es macht Überstunden und kommt zu nichts. Einen Parkplatz zu finden ist absolut schrecklich, aber nach ein paar Stockwerken in einer Parkgarage am Ende der Straße ist die Tat geschehen.

Ich richte meinen Blick stets auf meine Füße, um eine direkte Sicht auf mein Gesicht von den ganzen Kameras über meinem Kopf im ganzen Gebäude zu vermeiden. Ich erreiche das Café im Nu. Ich ziehe die Tür mit etwas Bemühen auf. Sie ist stark klimatisiert mit einer Lock-Tight Tür. Die frische Luft fühlt sich großartig an, wie sie mir ins Gesicht fliegt, während ich reingehe. Es ist ein modernes Lokal mit tiefhängenden Lampen, die über einer langen, barartigen Tischnische an der

Wand schweben. Jeder Sitzplatz ist komplett mit Steckdosen und sonnengelbgepolsterten Sitzen ausgestattet.

Als erstes bestelle ich mir einen Latte. Das Mädchen an der Theke kann nicht älter als zwanzig sein. Sie ist ganz in schwarz geschmückt und drückt ihre herausstechend roten Lippen wie eine Ente raus. Einen Moment fühle ich mich versucht, mein Notizbuch auszupacken und ihre Morde schnell aufzuschreiben, statt des Laptops für das wahre Projekt, welches bevorsteht. Ich kann sie schon mit dem Maschinengewehr sehen, klar wie der Tag, wie sie jeden atmenden Menschen hier ummäht.

Bevor ich mich in meinen Stuhl der Wahl in der Ecke der Wi-Fi Bar setze, nehme ich Mac auf der anderen Seite des Raumes wahr. Er sitzt alleine in einer runden Zweipersonennische und tippt so schnell auf seinem Computer, dass es aussieht, als wolle er ihn ermorden. Seine Augenbrauen berühren sich fast und er knirscht mit seinen Zähnen auf der Kante seiner Unterlippe. Gestresst und doch oh so gelassen, gar engelsgleich. Ich frage mich, wo er mit seinen Gedanken ist und ob er schon irgendwelche Codes geknackt hat.

Wir haben uns dazu entschieden, in der Öffentlichkeit nicht aufeinander einzugehen, also setze ich mich hin, statt ihn anzusprechen. Ich wähle einen anderen Platz als ich ursprünglich vorhatte, einen, der etwas näher am Ausgang ist, sodass er an mir vorbeigehen muss, wenn er das Lokal verlässt. Auch wenn er nicht mit mir reden kann, bin ich neugierig. Ich frage mich, ob er überhaupt eine Reaktion darauf zeigen wird, dass ich hier bin.

Ich öffne meinen Laptop, suche nach dem Hotspot und fange an, Ideen für mögliche Charaktere und Handlungsstränge zu sammeln. Dass Mac ein paar Tische von mir entfernt sitzt, hilft meiner Kreativität. Ich bin überfüllt von Neugier und Antizipation und ich hoffe, dass meine Charaktere ihrer Funktion gerecht werden können. Dieses Buch wird gut sein müssen. Ich werde etwas schreiben müssen, worauf die Kreativität nach unseren wahren Begebenheiten aufbauen kann.

Die Zeit fliegt und ehe ich mich versehe, kann ich aus meinem Augenwinkel erkennen, wie Mac seine Sachen packt und auf die Füße kommt. Mein Herz donnert in meinem Brustkorb, kämpft sich nach draußen, und mein Atem bleibt in meinem Hals stecken. Ich halte meinen Blick auf die Ecke meines Computerbildschirms gerichtet, sodass ich ihn mit meiner peripheren Sicht wie eine Beute beobachten kann. Bloß ist der Blick in seinen Augen ein Inferno der Wut . . . er selbst ist der Predator. Keine Chance, dass ein Mann mit einem starken Entschlossenheitssinn wie er belauert werden könnte.

Er blickt an mir vorbei, sein Todesstarren schießt Strahlen des Ekels über meine Schulter. Genau als er an meiner Nische ankommt wird sein Gesicht weicher und er lässt im Vorbeigehen einen Zettel in meinen Schoß fallen. Die Bewegung ist geschmeidig . . . geschmeidig wie ein professioneller Spion, niemand hätte es wahrgenommen, selbst mit den Augen auf seine Hand fixiert. Ich nehme das Papier und halte es mit einer strammen Faust fest. Die Tür hinter meinem Rücken schwingt mit einem *woosh* zu, als er rausgeht.

Ich warte eine Weile, nachdem er gegangen ist, bevor ich das Papier öffne, um den Zettel zu lesen. Ich gehe sogar so weit, dass ich so tue, als würde ich ihn aus meiner Tasche kramen, nur für den Fall. In derselben krakeligen Schrift wie auf meinem vorherigen Zettel steht geschrieben:

Der Adler fliegt, bereit, in seinem Nest zu landen.

Deins für immer,

Bond, James Jay
AKA 008
Noch ein AKA ... 7s großartiger Bruder

Ich seufze, lese den Zettel noch ein paar mal und schwärme von dem Scherz. Dann stecke ich ihn gerade rechtzeitig in meine Tasche. Lucy plumpst sich neben mich hin, viel Bums und keine Finesse. Ich habe gar nicht gemerkt, dass sie reingekommen ist. Hoffentlich hat sie nicht gesehen, wie Mac rauslief. Ich war viel zu beschäftigt, mich in meine Gedanken an Mac zu verlieren, um an der Tür nach ihr Ausschau zu halten. Das ist jetzt das zweite Mal, das Lucy meine Obsession mit Mac unterbrochen hat und das zweite Mal, dass es äußerst überraschend war.

Es war so ein kleiner Zettel, und doch sagt er mir alles, was ich wissen muss. *Ich bin gearscht.* Ich bin bis über die Ohren drin. Das ist echt. Nicht nur bin ich kurz davor, einen kaum fassbaren Raub oder ein Verbrechen oder was auch immer es ist zu begehen, ich mache es mit einem Mann, den ich hinterher lieber bespringen würde als vor ihm wegzurennen. *Wie habe ich mich in diese Lage gebracht?* Lucy befreit meine Gedanken aus ihrem temporären Gefängnis.

„Schon etwas Gutes eingefallen?"

Meine Lippen bündeln sich zu einer Seite und ich tue so, als würde ich mein Kinn gedankenvoll mit dem Zeigefinger kratzen.

„Jap. Der Adler ist bereit zu landen."

„Was zur Hölle soll das heißen?"

Ich kichere verrückt, fast manisch. Ich erlaube mir einmal, den Zettel in meiner Tasche zu fühlen. Ein Teil von ihm, das so nah an meinem Fleisch ist, nur durch ein bisschen Materie getrennt, und den Umständen des Lebens. Ein Teil, den ich Lucy mal wieder geheimhalte, nichtsdestotrotz in meiner Hosentasche. Oh, das Klischee der ganzen Sache.

„Nichts," lüge ich. „Nur nerdiges Buchzeugs. Aaaaallssoo, Schuhe?"

KAPITEL ACHT

E s ist Donnerstagabend. Nur noch zwei Nächte, bis ich mich mit Mac treffe und ich schreite wie ein einge-sperrtes Tier durch die Räume meiner Wohnung. Der Teppich direkt vor meinem wunderschönen neuen Ecksofa ist schon abgenutzt; ich hoffe, dass er überlebt. Ich habe mich heute morgen nicht geduscht und meine Haare seit ein paar Tagen nicht gewaschen. Ich weiß, dass ich schlimm aussehe, aber das ist mir total egal, wirklich. Niemand kommt hierher und ich habe nicht vor, rauszugehen. Ich bin auf lange Sicht eingesperrt.

Meine Mutter hat sich einst eine ganze Woche in ihr Zimmer eingeschlossen; ich war dreizehn. Ich weiß es noch, als wäre es gestern gewesen. Sie war in einer emotionalen Abwärtsspirale, nachdem sie ein Geschäft an die benachbarten Bäckerei verloren hatte. Nachdem mein Dad ihr sieben Tage lang Essen und Trinken in den Raum gebracht hatte, hat es mir gereicht.

Ich setzte mich vor ihr Zimmer und sang ,You Are My Sunshine' stundenlang, bis die Tür aufknarrte und sie austrat.

Sie fiel auf ihre Knie und umhüllte mich komplett mit ihren Armen. Ihr Haar war fettig, wie das meine jetzt, und ihre verschwollenen Augen trafen sich zu einem ,T' mit meinen. Es war unser Song, als Mutter und Tochter. Es war das Schlaflied, das sie mir als Baby vorgesungen hatte und das erste Lied, welches ich als Kleinkind Wort für Wort auswendig aufsagen konnte.

Wie die Mutter, so die Tochter, verkrieche ich mich vor der Welt, wenn das Leben zu schwer zu ertragen wird. Nur diesmal ist sie nicht da, wie ich für sie da war. Ich habe niemanden, der an meiner Tür für mich singt, keine Mama, die mich tröstet. Niemanden, den ich so fest umarmen kann, um mich aus der introvertierten Trance hochzuziehen, in der ich mich gerade befinde. Ich habe mir nicht erlaubt, den Song zu hören oder auch nur den Text laut zu murmeln, seit ich auf ihrer Beerdigung dazu mitgesungen habe.

Gestern habe ich eine relativ große Donutschachtel aus dem Lokal mitgenommen. Das zusammen mit dem Junkfood in meiner sonst leeren Vorratskammer ist genug Essen, um mich über Wasser zu halten. Ich habe Lucy heute nachmittag gesagt, dass ich glaube, eine Erkältung zu bekommen. Ich dachte, damit würde ich sie von meinem Leibe halten, zumindest bis das Wochenende hinter uns liegt.

Sie hat Probleme mit Schnodder. Das letzte mal, als ich krank war, hat sie eine Suppendose vor meine Tür gestellt. Sie hat geklingelt und ist davon gerannt. Neben einem gelegentlichen Zettel bin ich denke ich vor ihrer neugierigen Art sicher. Tim hat ein paar Tage keine Kurse, aber ich bin mir sicher, dass er sich trotzdem verbarrikadieren wird, um zu lernen, und Dad hält meist einen respektvollen Abstand ein.

Mit all diesen Punkten abgedeckt, sollte ich mich stressen können und so viel Schmutz reinschaufeln wie ich brauche, bis es Samstag ist und ich gezwungen bin, aufzuräumen. Zu dem

Zeitpunkt werde ich mich meinem Untergang, wie die mutige Heldin, als die ich mich versuche vorzugeben, stellen.

Ein leichtes Klopfen an meiner Tür dringt in meine paranoiden Gedanken ein. Mein Herz rutscht in meine Hose. *Vielleicht ist es ein Nachbar, komisch.* Ich blicke aus dem Guckloch und zu meiner nervösen Überraschung ist es niemand anderes als Mac. *Er bricht die Regeln, Idiot! Was zur Hölle macht er bei meiner Wohnung?*

Ich eile zu einem kleinen Spiegel an meiner Wand, ein paar Meter von der Tür entfernt. Nachdem ich mein Haar noch enger in seinem unordentlichen Zopf zusammenziehe, wische ich meinen Zeigefinger an meine Zähne entlang. Passt schon. Ich kann mich in so kurzer Zeit nicht mehr in Ordnung bringen. Ich klatsche mir auf die Wangen, um sie ein wenig rosa werden zu lassen. *Wie peinlich!*

Ich reiße die Tür genau dann auf, als er seine Hand hochhebt, um nochmal zu klopfen. Mit einer geschlossenen Faust um sein Shirt zerre ich ihn so schnell wie ich kann rein.

„Du solltest nicht hier sein," sage ich, bevor ich meinen Kopf rausstrecke und in beide Richtungen in den Flur schaue.

Ich schließe die Tür am Schloss und nochmal mit dem Kettchen, nur um sicherzugehen. Dann drehe ich mich auf der Ferse um, um ihn anzuschauen. Seine Augen sind rot und wild, seine Lippen zusammengedrückt. Er glättet die Knitter, die ich in sein Shirt gedrückt habe, mit einer flachen Hand und schüttelt den Kopf, empört.

„Ich weiß, es ist gegen die Regeln, aber ich musste mit dir reden. Es konnte nicht warten." sagt er.

„Du hättest nicht anrufen können?" will ich wissen.

„Ich habe deine Nummer nicht und nein, selbst wenn ich sie hätte, würde ich nicht anrufen. Das wäre noch blöder als vorbeikommen."

„Vielleicht hast du recht," stimme ich zu und schalte wieder einen Gang runter.

„Niemand hat mich gesehen. Es wird dunkel und mich kennt hier eh keiner."

Er folgt mir ins Wohnzimmer und lässt sich auf einen Eckplatz fallen.

„Ich denke, du solltest dich hinsetzen," sagt er mir. „Du machst mich nervös."

Ich gehorche ohne Widerworte, mehr als neugierig, weshalb er hier ist.

„Also?" frage ich nach.

Ich sitze mit meiner Stirn in seine Richtung und schaue hoch, auf eine Erklärung wartend. Ich nehme alles, was er mir jetzt geben kann, an. Sei es Ermutigung, Spekulation, was für Worte auch immer er loswerden will. Ich brauche dringend Interaktion mit ihm, wie ein Phän, das auf seine Bauanleitung wartet.

„Du musst aufhören, dich so zu stressen."

„Woher weißt du, dass ich mich stresse?"

Mac zeigt mit dem Finger auf mein Fenster. Die Gardinen sind weit offen und zeigen nichts außer die vor Sonne glänzenden Schindeln des Nachbarhauses und eine leere Straße. Dann kommt es über mich, wie eine Zementmauer. Er kann mich von seinem Gartenstuhl auf dem Dach im toxischen Viertel sehen! *Wie konnte ich das vergessen?* Er hat mich wahrscheinlich die ganze Zeit beobachtet. Natürlich hat er das, weiß Gott wie lange schon. Wie ein Ballon lasse ich etwas Luft raus und lasse meine Schultern ein paar Zentimeter sinken. Ich habe keine Wahl als zu akzeptieren, wie es ist.

„Verdammt," murmle ich. „Naja, du bist hier. Kann ich dir etwas anbieten, etwas zu trinken vielleicht?"

„Hast du Whiskey?"

„Nein. Ich bin Alkoholikerin. Whiskey ist meine Schwäche. Wenn ich es bei mir zuhause habe, kann die Lage außer Kontrolle geraten. Ich muss also bei den leichten Sachen bleiben."

Wow, warum habe ich das denn gerade gesagt? Ich schaue auf meinen eigenen Schoß runter und schüttle den Kopf leicht beschämt. Nicht aufgrund meines Problems, sondern weil ich ihm gerade von meinem Problem erzählt habe. Was ist falsch mit mir? Was kommt als nächstes, eine Beichte über Belle? Ich kann mich nicht daran erinnern, wann ich das letzte mal so selbstunsicher war. Ein nacktes Gefühl der Verletzlichkeit tropft aus jeder meiner Poren.

Mac nickt bloß, ein bescheidenes Verständnis ohne Anzeichen von Urteil. Er schaut mir in die Augen und da ist etwas. Er hat etwas im Kopf, etwas, das er mir nicht sagt. Wir sind wie Magnete, die falschherum aneinandergehalten werden. Zwei Negative und zwei Positive. Eindeutig aus demselben Material geschaffen, um dieselben Aufgaben zu erfüllen, aber doch unmöglich verbindbar. Ich bin mindestens einen Meter von ihm entfernt, trotzdem kann ich die Hitze unserer Energiebarriere spüren, während sie uns auseinandertreibt. Er seufzt kapitulierend und wendet seinen Blick dann wieder auf mein geöffnetes Fenster.

„Aber ich habe Bier, oder Wasser, wenn du das lieber möchtest." biete ich an und versuche, die Stille zu brechen.

„Klingt gut."

Ich renne praktisch zu meinem Kühlschrank, verzweifelt versuchend, der Spannung zu entkommen. Ich will ihn, und ich weiß, dass er mich will. Ich kann es fühlen. Esseidenn ich bin genauso verrückt, wie ich immer dachte, dass ich sein könnte. Vielleicht ist es das. Vielleicht verliere ich den Verstand. Genau während ich mich bücke, um in die unterste Schublade meines Kühlschranks greifen zu können, schweifen meine Gedanken ab. Es ist eine Erinnerung, eine, die ich noch nie zuvor hatte. Ich stehe über Belles Bett, starre sie an, das Metallrohr fest in meiner rechten Hand.

Sie schläft tief und fest und genau, als ich aushole, um ihr den ersten Schlag ins Gesicht zu geben, geht ein Licht an. Es ist ein Flurlicht, direkt außerhalb ihres Schlafzimmers. Ich drehe mich nicht um, um hinzuschauen; ich verlangsame nicht einmal. Meine ruhigen, kraftvoll angetriebenen Hände greifen das Rohr wie einen Baseballschläger und knallen es mit voller Gewalt auf sie drauf. Ihr Wangenknochen zersplittert mit einem Krachen und ihr Körper beginnt, zu zucken.

„Hast du dich verirrt?" Macs Stimme ertönt laut neben mir.

Ich springe auf und stoße ein kalte Glasflasche mit Alkohol mit meinem Arm um. Ich stelle es mit zitternden Händen wieder hin. Ich richte mich auf und gebe sie ihm, bevor ich zwei weitere für mich selbst hole. Mac geht einen weiteren Schritt auf mich zu, nachdem die Kühlschranktür vollständig geschlossen ist.

Sein Geruch ist genauso frisch wie an dem Tag, da wir uns zuerst sahen; nur ist er heute etwas moschusartiger untermalt. Der köstliche Geruch seiner natürlichen Haut, kein Zweifel. Meine Knie werden schwächer und ich gehe einen Schritt zurück. Die Mitte meines Rückens berührt die Anrichte, weshalb ich mit meiner freien Hand nach hinten greife und sie zur Balance festhalte.

„Was machst du?" frage ich dringend im Flüsterton.

„Du hast ein bisschen gebraucht, also dachte ich, ich schaue nach dir." Seine Stimme ist wollend und rauh.

„Mir geht es gut."

Ich ducke mich und drehe mich um, wobei ich meinen Körper um ihn herum manövriere. Ich passe auf, dass sich unsere Haut nicht berührt. Er stützt sich an exakt dieselbe Stelle der Anrichte, die ich gerade mit der Hüfte verlassen habe, sein Blick auf mich fixiert. Ich schaue weg, drehe den Deckel von meinem ersten Drink runter und verschlinge das ganze Ding, als hinge mein Leben daran. Er nimmt auch einen Drink, trinkt aber kaum einen Schluck. Das feste Aufeinander-beißen seiner Kiefer sagt mir, dass er es ernst meint. Meine Brust engt sich ein.

„Warum bist du wirklich hier?" frage ich.

„Mehrere Gründe, ehrlich gesagt."

„Die da wären?"

„Ich versuche zu entscheiden, welchen ich dir zuerst erzählen möchte."

Er nippt nochmal und starrt mich weiter an. Ich schmeiße meine leere Flasche in den Mülleimer und drehe meine nächste auf. Es ist leiste genug, um eine Nadel fallen zu hören. Neben meinem eigenen Atem höre ich nur Stille.

„Fang damit an, vor dem du so viel Angst hast, es mir zu sagen." Ich atme, mein Herz schlägt schneller.

Mac geht ein paar schnelle Schritte vorwärts und verrin-gert den Abstand zwischen uns wieder. Die Wildheit in seinen Augen und Haaren erinnert mich an einen Löwen, bereit, sich auf mich zu stürzen. Bald bin ich an die Wand gedrückt und unsere Brustkörbe sind aneinandergepresst. Ich starre auf seinen Mund. Seine Lippen haben den perfekten Rosaton. Ich will sie lecken. Ich sauge meine eigene ein und beiße die Innenseite mit gesenktem Kopf . . . er hat keinen Zugang. Er stellt seine Handflächen gegen die Wand auf, neben meine Schultern, und senkt seine Stirn zu meiner.

„Du bist nicht, wer ich dachte das du bist," sagt er, die Geräusche seines Atems mischen sich mit meinen.

Ich schließe meine Augen und atme ihn ein. Das Bild, das ich eins hatte von seinen Fäusten, die den Nacken eines unbe-kannten Mannes zerquetschen, während er das Leben aus ihm herausrüttelt ist alles, an das ich denken kann. *Gott, ich wünsche, ich könnte aufhören die Gedanken an den Tod zu genießen.* Ich kann sein Herz durch mein Shirt klopfen fühlen und meine Nippel werden härter. Die Hitze seines Körpers schreit Gefahr und die vielen Nervenzellen zwischen meinen Beinen wollen es.

„Mac," flüstere ich, unsere Stirnen weiterhin zusammen.

Ich versuche, meine Arme zu heben, um ihn wegzustoßen, aber ich kann nicht. Wie Totlast hängen sie an meinen Seiten. *Das hier ist falsch.*

„Ahnia, ich weiß, dass wir das nicht tun können. Es ist nur . . . ich . . ."

Mac haut eine offene Hand gegen die Wand. Es ist ein wütender, kraftvoller Schlag bloß wenige Zentimeter von meinem Gesicht entfernt. Ich springe auf, die Vibration in meinem ganzen Körper spürbar.

„Fuck!" schreit er und geht zurück.

Er rennt eine Faust durch sein Haar und stürmt davon. Nachdem er sich zu einem weiteren Bier aus meinem Kühlschrank verholfen hat, verschwindet er wieder ins Wohnzimmer, mich hinterlassend, um sich wieder zu sammeln. Ich nehme ein paar tiefe Atemzüge und reibe meine zitternden Hände einige Male an die Vorderseite meines Shirts.

Ich fürchte mich gerade zu Tode vor ihm, aber ich will ihn auch nicht alleine lassen. Ich kann ihn nicht rauswerfen, was wenn er mich angreift? Oder noch schlimmer, was wenn ich mich an ihn ranmache. Ich vertraue mir in dieser Situation nicht, genausowenig wie ihm.

Ich brauche eine Minute, um das Dröhnen in mir zu beruhigen, sodass ich auch verarbeiten kann, was er gesagt hat. Ich könnte nicht verwirrter sein. Ich schleiche langsam und nervös zu ihm zurück. Er steht am offenen Fenster und schaut auf die Straße unter uns. Auf der Ecke meiner Couch, dem von ihm am weitesten entfernten Ort, setze ich mich hin. Mein Rücken ist gerade und nur die Hintertaschen meiner Hose berühren den Stoff des Möbelstücks. Ich bin bereit, davonzurennen, sollte es nötig sein. Oder zumindest denke ich, dass ich es bin.

„Was meintest du?" frage ich. „Als du gesagt hast, dass ich nicht die bin, die du dachtest?"

Er seufzt, „Ich dachte immer, du seist losgelöster als du bist."

„Losgelöster?"

„Ja, sorgloser. Ich hätte nicht gedacht, dass du nervös werden würdest oder ein Gewissen hättest. Das hast du aber."

Meine Stimme wird sanfter, wie die eines beängstigten Kindes. „Warum würdest du das denken?" frage ich.

Mac dreht sich vom Fenster weg und stürmt an meine Seite. Er ist genauso angespannt wie vorher. Ich habe so viel Angst, von seinen Augen wegzuschauen, dass ich mich weigere, auch nur zu blinzeln. Ich halte den Atem an. Er greift meine Hand und drückt sie, fest genug, dass ich weiß, dass er es ernst meint, aber nicht so fest, dass es weh tut.

„Ahnia, hör mir zu, sehr aufmerksam."

Ich nicke.

„Ich habe dir gesagt, dass ich Fan von dir bin, seit wir Teenager sind. Ich habe dir gesagt, dass ich angefangen habe, Lorraine zu daten, weil sie exakt wie du aussieht. Ich habe dir sogar gesagt, dass wir für dich hierher gezogen sind. Weil *du* diejenige bist, mit der ich arbeiten möchte, weißt du noch?"

Ich nicke noch einmal. Diesmal langsamer, zurückhaltender. Eine Träne bildet sich im Winkel meines Auges, aber sie ist nicht groß genug, um rauszuquillen. Ich kann nicht sagen, ob ich verängstigt bin oder ihn aufsauge. Ich will mehr.

„Du kannst nicht aussteigen," macht er weiter. „Ich habe dich beobachtet. Ich weiß, dass du Bedenken hast."

„Hab ich nicht!" versuche ich zu erwidern, aber er fällt mir ins Wort.

„Hast du!" schreit er. Dann schließt er seine Augen und vertieft seine Stimme zu seiner gewöhnlichen Tonlage. „Ich denke, wir sollten es morgen machen."

„Was?" verlange ich, während ich versuche, meine Hand von seiner zu lösen. „Wir sind nicht bereit, Mac. Das weißt du!"

Er schaut mir wieder in die Augen, dieselbe lodernde Flamme zwischen uns.

„Die Dinge haben sich geändert," gibt er zu. „Ich konnte die Security Wall knacken, also sind wir so bereit, wie wir sein können. Und . . ." Er verliert sich.

„Und was?"

„Lorraine wird früher wiederkommen. Unser Deal ist gefloppt, sie hat uns die Partnerschaft nicht holen können, für die sie gegangen ist. Es könnte unser einziger Moment sein, Ahnia. Es ist jetzt oder nie."

„Bitch," murmle ich.

Ich erwarte ein paar Widerworte gegen meine Anmerkung, aber zu meiner Überraschung, stört er sich gar nicht daran. Nicht mal ein böser Blick oder ein Seufzen. Nichts.

„Und wenn wir warten, machst du einen Rückzieher. Das weiß ich."

Die plötzliche Energie in meinen Beinen erlaubt mir nicht, noch länger sitzenzubleiben. Ich stehe auf und fange wieder an, unfreiwillig hin- und herzustampfen. Wenn das, was er sagt, stimmt, dann hat er recht, dieser Moment könnte es sein. Ich dachte, ich wäre bereit, aber ich bin es nicht. Was wenn wir erwischt werden? Was, wenn die kleine bald-Mrs-Mac heute nacht oder morgenfrüh wiederkommt und uns auf frischer Tat ertappt? Was zur Hölle habe ich mir dabei gedacht, hierbei zuzustimmen? Bin ich bereit, meine Freiheit hierfür aufs Spiel zu setzen? Für ihn?

Mac lehnt sich zurück und beobachtet mich. Er kämpft

nicht und versucht auch nicht, mich noch weiter zu überzeugen. Er wartet bloß, während ich angespannt bin und vor mich hin dampfe. Ich fühle mich, als müsste ich mich übergeben. Dann denke ich an Dad, Douglas und sogar auch an Tim. Ich kann sie jetzt nicht enttäuschen, wo ich ihnen gesagt habe, dass ich ein Projekt am Laufen habe. Meine neue Erinnerung an Belle und die Art, wie ich das Rohr in ihren Schädel habe fallen lassen bereitet mir Gänsehaut. Ich hätte mein erstes Buch ohne sie niemals geschrieben. Werde ich ein zweites schreiben, wenn ich keine weitere Straftat begehe?

Mac steht auf und stellt seine Hände auf meine Schultern, meine Gedanken aufhaltend. Sie sind heiß und schwer, sie drücken mich nach unten. Er ist mindestens einen Kopf größer als ich mit einer Stirn wie ein Bügelbrett. Ich schaue seiner Brust zu wie sie steigt und sinkt und zwinge mich dazu, meine eigene nicht dagegenzudrücken.

„Ich muss es wissen Ahnia. Ich gehe nicht weg, bevor du gesagt hast, dass du dabei bist."

Ich atme leise ein und flüstere, „Okay."

„Sei um 9 am Haus."

Es ist keine Frage; es ist ein Befehl. Einer, dem ich sicher gehorchen werde. Mac macht sich auf zur Tür und hinterlässt das Gewicht seiner Hände auf meinem Fleisch. Er dreht sich noch einmal um, als er die Klinke festhält.

„Ahnia," Ich schaue hoch, ihm in die Augen. „Nimm eine Dusche und ruh dich ein wenig aus. Das wird helfen."

Die Luft stockt in meinem Hals. Ich sage kein Wort; ich stehe nur da und schau zu, wie er geht. Es fühlt sich an, als sei die ganze Welt ein Tornado und ich bin mittendrin. Diese einsame Stelle in der Mitte des Sturms, an dem es unheimlich ruhig ist und so laut, dass es die Ruhe zerstört. Ich bin sicher und schaue der Verwüstung meines Wirbels zu, wie es alles und jeden in meinem Weg wegfegt.

KAPITEL NEUN

Mac hatte recht. Ich habe eine Dusche gebraucht und danach in mein sauber bezogenes Bett zu schlüpfen hat sich desto besser angefühlt. Sogar so gut, dass ich wie ein Fels geschlafen habe. Kein drehen und wühlen. Keine Träume. Kein mitten in der Nacht aufwachen, ruhelos. Ich muss mich in den vierzig Minuten, in denen Mac in meiner Wohnung war, so sehr gestresst haben, dass ich komplett erschöpft war. Ab der Sekunde, in der mein Kopf das Kissen berührt hat, habe ich jeden einzelnen ‚Z' geholt, den ich so dringend gebraucht habe.

Jetzt gerade allerdings ist es eine ganz andere Geschichte. Der Stress ist wieder komplett da, sogar stärker. So viel zur Ruhe im Auge des Sturms. Ich habe ein paar Blocks von *dem* Haus entfernt geparkt, praktisch hyperventilierend. Ich bin spät dran, was ihn sicherlich aufregen wird, aber ich kriege es nicht hin, die letzten paar Blocks noch zu fahren. Mein Fuß klebt am Boden, kurz vor dem Gaspedal.

Ich verstehe nicht, warum ich so nervös bin. Ich versuche mich die ganze Zeit davon zu überzeugen, dass das hier im nachhinein wirklich *nur* ein Raubüberfall ist. Es geht nicht um Leben und Tod. *Nicht wie bei Belle*. Ich war vor ein paar Tagen noch so zuversichtlich, aber jetzt nicht mehr. Ich frage mich, ob es Mac ist, der mich so nervös macht, und gar nicht der Raub.

Er ist so heftig, die Spannung zwischen uns ist überwältigend, fast erstickend. Ich denke die ganze Zeit an das Feuer in seinen Augen. Er hat eine sehr dunkle Seite, das kann ich fühlen. Er versteckt sie nur, verschlossen hinter einer Tür, irgendwo, wo niemand sonst Zugang hat.

Ich stelle mir dauernd vor, was für Mörder jemand ist, aber bei ihm ist es anders. Wenn ich an Mac als Mörder denke, fühlt es sich überhaupt nicht an wie eine Vorstellung. Es fühlt sich eher an wie eine Art verborgene Erinnerung oder eine Intuition. Mac ist mehr als nur Mac . . . falls das möglich ist. Mehr Seiten von ihm kommen jedesmal zuvor, wenn ich mir erlaube, in seiner Nähe zu sein, und doch bin ich besessen. Ich kann nicht damit aufhören und ich scheine auch nicht davor fliehen zu können. Wir beide sind eine schlechte Mischung. Das weiß ich mit allem, was ich bin. Ich weiß es mit meinem Kopf und meinem Herzen. Ich kann es sogar in meinen Knochen spüren.

Plötzlich wird mir klar, dass nur die Angst der *Grund* ist, dass ich hier bin. Sie ist der Grund, dass ich immer wiederkomme. In Wirklichkeit brauche ich die Intensität von Mac und das Verlangen, das ich so tief für ihn verspüre, um dieses Buch hinzubekommen. Er hat mit mir darüber geredet, Inspiration von einer bestimmten Tat zu bekommen, aber er lag falsch. Ich brauche ihn. Ich muss jeden Teil von ihm fühlen, bevor ich die nötigen Emotionen in Worte fassen kann, die ich brauche, um einen großartigen Roman zu schreiben. Ein besserer als mein erster.

Ein Grinsen bildet sich auf meinem Gesicht, zum ersten mal bin ich positiv aufgeregt über die ganze Sache. Jede Spekulation fliegt aus meinem Fenster und ich schiebe den Schalt-hebel wieder in Fahrposition. Endlich bin ich bereit. Ich nehme alles, was er austeilen kann. Nach jahrelangem Betrachten von Leuten und sinnlose Notizen von meinen Vorstellungen von ihnen zu machen, habe ich endlich das gefunden, wonach ich suche. Mac denkt, dass er mich für einen Raub benutzt, aber er könnte nicht weiter daneben liegen. Ich werde *ihn* benutzen. Was immer er heute und darüber hinaus zu bieten hat wird genau das sein, was ich brauche. Dieses Buch wird überhaupt nicht von einem Überfall handeln; es wird einhundert Prozent von Mac und seinen Komplexitäten handeln.

Ich werde bei allen seinen Spielchen mitmachen, die er sich für dieses Juweliergeschäft ausgedacht hat. Aber ich tue es nur für das, was danach kommt. Mac kann sich auf etwas gefasst machen, denn dieses Buch wird überhaupt nicht jenes werden, welches er vermutet. Ich werde das schreiben, was ich brauche, damit es funktioniert. Damit es ein Hit wird, genauso kraftvoll wie mein erstes Buch. Meine Agentin kann Scheiße fressen und Dorothy ebenso.

Als ich ankomme, wartet Mac auf der Veranda. Er sitzt mit seinen Ellbogen auf seine Knie gestützt und sein Gesicht schaut runter mit seinen Händen in seinem Haar. Ich kneife die Augen zusammen, um genauer hinsehen zu können. Er schaukelt ein wenig vor und zurück, kaum sehbar, aber die Bewegung ist da. Mit dem Geräusch meiner Reifen auf der Auffahrt springt er auf. Meine Augen werden von den seinen komplett gemieden. Er rennt nur ins Haus und knallt die Tür hinter sich zu.

Ich warte und versuche mich ganz ruhig davon zu überzeu-gen, dass ich die Oberhand in dieser ganzen Situation habe. Das Garagentor geht langsam hoch, mir Zugang erlaubend. Mac hält sie davon ab, sich komplett zu öffnen, nur genug, dass mein Auto durch die Lücke passt. Als ich reinfahre und parke, kratzt meine Antenne an das Metall. Das Tor hinter mir ist schon zu, bevor ich überhaupt die Chance habe, auszusteigen.

„Etwas ungeduldig?" frage ich, als ich die Tür zuhaue und einen Schritt auf ihn zugehe.

Ich erwarte, dass er mir eine bissige Bemerkung erwidert. Das hätte ich lieber gehabt, als das, was ich bekomme. Er schaut mein Gesicht mit bösen, blutdurchtrieften Augen an, aber es fühlt sich nicht an, als würde er mich ansehen. Es fühlt sich eher an, als würde er an mir vorbeischauen, auf etwas, das ich nicht sehen kann, er aber zutiefst hasst.

So viel zu einer gesunden Dosis Airington Sarkasmus, um unseren stressigen Tag zu starten. Meine Schritte werden wankend und ich zögere mit einer Hand am Griff der Autotür. Vielleicht ist es Intuition oder die wütende Distanziertheit, die wie ein Kraftfeld von seinem Körper abstrahlt; wie dem auch sei, ich bin ernsthaft am Überlegen, ob ich umkehren und abhauen soll. Hätte er das Garagentor aufgelassen, wäre die Wahrscheinlichkeit, dass ich gehe, noch größer.

Ich fummle mit meinen Schlüsseln herum, während ich frage, „Ähm, Mac, geht's dir gut? Du siehst aus, als hättest du einen Geist gesehen."

Mit geschlossenem Mund räuspert er sich.

„Ja, alles gut."

Das Zusammenkneifen seiner Lippen sagt mir etwas anderes. Ich nehme einen tiefen Atemzug und lasse ihn langsam raus. *Du schaffst das, Ahnia; du bist hier, um ihn zu benutzen, weißt du noch?* Ich versuche mich selbst so gut ich kann mental zu coachen und zwinge mich dazu, meine Füße zur Tür zu bringen, zu ihm. Endlich schaut er einen Bruchteil eines Millimeters hoch und schaut mir in die Augen. Seine Schultern sind sichtbar niedriger, etwas entspannter, während sein Brustkorb abschwillt.

Nachdem er eine Faust durch sein sexy Haar gestreift hat, von der Stirn bis zum Scheitel, sagt er, „Entschuldige, ich habe die Nacht einfach nicht so gut geschlafen."

„Okkkkaaaay," Ich bin weiterhin zögerlich.

„Bitte, komm rein."

Ich tu was er sagt und folge ihm rein. Das *Klack* meiner Schuhe echot in der Stille zwischen uns als ich die drei Betonstufen hochgehe. Mac ist nach drinnen verschwunden, unsichtbar von der anderen Seite der offenen Tür aus. Das Geräusch des Generators unten an den Stufen in den Keller scheint viel lauter als am anderen Tag. Mac muss auf jeden Fall mehr Strom in das Haus pumpen als er es vorher getan hat. Es hängt auch ein Geruch in der Luft. Ich kann es nicht sofort erkennen, aber die Bekanntheit und der rostige Unterton lassen mir schlecht werden.

Blut, die Erkennung des Geruchs leuchtet in meinem Kopf auf. Er ist stark und durchdringt die Luft, als wäre er schon eine Weile da. Es ist wie rohes Fleisch, das zu lange auf der Anrichte stand.

„Mac," flüstere ich, zu ängstlich, um noch etwas anderes zu sagen.

Die Tür knallt hinter mir zu und Mac schließt ab. Sein Körper ist eine Barriere zwischen mir und dem Ausgang. Instinktiv sprinte ich in die Küche, da sie genau gegenüber der Kellerstufen ist. Bevor mein Schuh den Boden berühren kann, greift mich Mac.

Mit seinem linken Arm hat Mac mich mit meinem Rücken an seinen Körper gesichert fest. Ich trete wild um mich herum, meine Füße erreichen den Boden nicht und die Wand ist mindestens einen halben Meter entfernt. Ich kann nichts festes treffen; es ist, als würde ich meinen eigenen Schatten in der Luft jagen.

Mac hält meine Arme an meine Seite, er drückt mich so

fest, dass es mir nicht möglich ist, um mich herumzuschlagen. Ich schreie mir die Seele aus dem Leib, aber es wird sofort verstummt. Ein nasser Lappen wird von Macs freier Hand in mein Gesicht gedrückt. Er ist dick und erwürgt mich. Mit großen Augen schaue ich im Wahnsinn umher, in der Suche nach Hoffnung oder Hilfe oder irgendetwas anderes, das hilfreich sein könnte.

Die Chloroformflasche, die er mir vor weniger als eine Woche gezeigt hatte, steht auf der Anrichte. Meine Beine bewegen sich langsamer, werden taub, ein Zentimeter nach dem anderen. Trotz meines hohen Adrenalinspiegels kann ich fühlen, wie mein Körper seine Kraft verliert. Ich zittere vor Angst, als das Bewusstsein aus mir verschwindet.

„Shhh, meine süße Ahnia," flüstert Mac sanft in mein Ohr. „Ruh dich aus. Wir haben vieles zu besprechen, wenn du wach wirst."

KAPITEL ZEHN

Das Licht ist dumpf. Meine Augen öffnen sich langsam und das kribblige Gefühl in meinen Zehen und Fingern ist entnervend. Ich schnappe nach Luft. Es fühlt sich an, als könnte ich nicht genug Luft bekommen, um meine Sehnsucht nach Sauerstoff zu stillen. Es hat meine Brust und meinen Bauch komplett eingenommen. Ich bin in einem Betonzimmer eingesperrt und schaue nur mit meinen Augäpfeln ängstlich umher.

Mein Nacken kann sich nicht von einer Seite zur anderen bewegen und das Gewicht meines Kopfes zieht ihn nach hinten, um auf der Lehne meines Stuhls zu ruhen. Meine Arme und Beine sind steif und meine Gedanken sind schwammig. Ich bin nicht ganz sicher, wie ich hierhergekommen bin.

Es fühlt sich an, als wäre ich in einem Traum gefangen, einem Alptraum oder sogar einem Schlafwandel. Meine mentalen Fähigkeiten sind vorhanden, aber ich bin irgendwie verloren und abwesend.

Alles was ich sehen kann ist die Betonwand vor mir, aber ich kann ein Wimmern von rechts hören. Ich glaube, dass es ein Mensch ist, aber es könnte genausogut ein Tier sein. Wie ein jaulender Hund oder sogar eine Babykatze. Ich sauge die feuchte Luft tief auf in der Hoffnung, dass ein Geruch mir helfen kann, was das Geräusch verursachen könnte. Ein rostiger, metallischer Geruch bahnt sich durch meine Nasenlöcher, was mich an meine Ankunft in Macs heruntergekommenes Investmenthaus erinnert.

Mein Herz stoppt, und nachdem es einen Schlag ausgesetzt hat, schlägt es so fest, dass ich es von innen hören kann. Das Blut rauscht in einem abnormalen Tempo durch meinen Körper und mir wird schwindelig. Ich denke daran, wie Mac mich gegriffen hat und den feuchten Lappen an meine Nase und meinen Mund gedrückt hat. Ich erinnere mich an das Chloroform, das er auf der Anrichte hat stehenlassen. Mir kommt die Magensäure hoch.

Warum hat er das gemacht? Und noch wichtiger, wo bin ich gerade?

Ich schließe meine Augen fest und konzentriere mich darauf, langsame und bewusste Atemzüge zu nehmen. Mit einer vollen Lunge nach der anderen sage ich meinen Nerven, runterzukommen und sich auf die Bewegung meines Körpers zu fokussieren. Was immer dieser verdammt verrückte Mann mit mir macht, es ist nicht gut. Ich hatte recht damit, Angst vor ihm zu haben und misstrauisch zu sein, mich heute mit ihm zu treffen. Ich hätte Lucy oder Tim von Anfang an von diesem Treffen erzählen sollen. Ich könnte Tims Logik und Vernunft gerade gut gebrauchen.

Ting ... Ting ... Ting ...

Ein langsames Tippen klingt hinter mir. Ich versuche zu schreien, aber bis auf einem rauhen Geräusch kommt nichts aus meinem Mund. Ich wackle mit ein paar Fingern an meiner linken Hand. Ich versuche mein bestes, sie zu meinem Gesicht zu heben, aber alles, was passiert, ist ein Zucken meines Handgelenks.

„Aha," Macs Stimme ist tief und ominös. „Sieh an, wer endlich bei uns ist."

Uns?

Ich strenge meine Augen an, um Mac klar sehen zu können, als er von hinten in mein Sichtfeld kommt. *Ksssssccchhhh*, das Geräusch von Metall, das über den Betonboden schabt, folgt neben ihm. Noch einmal versuche ich, meinen Kopf anzuheben, sodass ich den Übeltäter des Geräuschs finden kann. Ich fokussiere mich auf meinen Nacken und hebe ihn mit all meiner Kraft an. Statt in die gerade Haltung, die ich erreichen wollte, rollt mein Kopf nach vorne mit dem Kinn an die Brust. Obwohl ich meinen Kopf nicht wieder anheben kann, kann ich an meine Stirn vorbeischauen.

Ein Schläger. Mac zieht einen metallernen Baseballschläger hinter sich her. Ich kann auch etwas weiter zur Seite gucken als vorher. Ganz knapp kann ich aus meinem Augenwinkel den unteren Teil der Beine einer Frau sehen. Sie sind an den Knöcheln mit einem Metallbügel, der am Boden angeschraubt ist, festgebunden. Ich versuche, meine eigenen Beine anzusehen, aber ich kann nicht an meinen Oberschenkeln vorbeischauen.

Sie trägt einen schwarzen Stiftrock und Stöckelschuhe. Ihre Knie zittern und es liegt eine kleine Blutlache bei ihren Füßen. Ich kann meinen Kopf nicht weit genug drehen, um den Rest von ihr zu erkennen oder ihr Gesicht zu sehen, aber das Wimmern kam ohne Zweifel von dieser Frau.

Mac kniet sich vor mich hin und senkt sein Gesicht, bis es nur wenige Zentimeter von meinem entfernt ist. Sein Atem ist heiß und seine Augen sind voller krakligen Adern. Sie sind groß, blinken nicht und die Pupillen sind gigantisch. Er greift den Schläger mit beiden Händen am schmalen Ende und die breitere Seite drückt sich mit ihrem Gewicht in den Boden.

„Ahnia," sagt er, „du wirst deine motorischen Fähigkeiten bald wiederbekommen. Ich schlage vor, dass du dir deine Kräfte einteilst. Du wirst sie brauchen."

Ich versuche zu reden, zu betteln, irgendetwas. „Wa . . . was." Ich kriege nichts raus, meine Stimme kratzt nur und bleibt hinten in meinem Hals hängen.

„Oh, das hier?" fragt er und dreht den Schläger vor seinem Gesicht, bis er auf seiner Schulter ruht. „Es ist nicht ganz ein gebrochenes Rohr, aber es wird funktionieren."

Mein Bauch zieht sich zusammen und Übelkeit schwimmt wie eine riesige Welle durch meinen Körper. *Belle.* Mac schmunzelt, bevor er seine Fingerspitzen gegen meine Stirn drückt, bis sie an die Stuhllehne fällt. Ich drücke gegen seine Finger, versuchend, ihm etwas Widerstand zu bieten, jeglichen Widerstand, auch wenn es nur ein kleines bisschen Druck von meiner Stirn ist. Ich werde kämpfen, wie ich kann.

Die Frau an meiner Seite stöhnt noch etwas lauter als ihr vorheriges Wimmern. Mit etwas mehr Erfolg als vorher gebe ich mein bestes, zu ihr rüberzuschauen. Mein Nacken bewegt sich nicht mehr als zwei Zentimeter, aber es reicht. Ich schnappe nach Luft und schaue mit verschwommenem Blick zu ihr hin.

Es ist Lorraine. Sie ist mir ihren Armen an ihrer Taille zusammengebunden, Tape über ihren Mund und von der Nase runter komplett von getrocknetem Blut bedeckt.

„Was," sagt Mac, „du bist überrascht?"

Ich wackle mit den Zehen und bewege meine Fußgelenke in kleinen Kreisen, gefolgt von einem Zucken in meinem Knie. Die Bewegung bestätigt eine meiner vorangegangenen Fragen. Höchstwahrscheinlich bin ich auch am Boden festgekettet. Genau wie Lorraine. Mac schwingt den Schläger kreisförmig durch die Luft, bevor er ihn auf jeden von uns zeigt, während er redet.

„Lorraine, Ahnia. Ahnia, Lorraine."

Die Nerven in meinem Gesicht müssen vollkommen funktionieren, denn ich kann die Feuchtigkeit meiner Tränen fühlen.

„Nein!" schreit er.

Mac stürmt auf mich zu wie ein bösartiger Bär und hält den Schläger einen Zentimeter von meinem Gesicht entfernt.

„Das darfst du nicht! *Du* kannst nicht weinen!"

Mac starrt für einen Moment auf den Betonboden, sein Brustkorb wächst und schrumpft mit wütenden Atemzügen. Dann beginnt er, hin- und herzulaufen von einer Wand zur nächsten, murmelt und flüstert etwas, das ich nicht ganz verstehen kann. Ich schaue wieder zurück auf Lorraine, diesmal mit komplett gedrehtem Kopf. Die Schwammigkeit meiner Sicht wird klarer und ich kann sie mir besser anschauen.

Sie starrt mich auch an. Die frischen Tränen wischen saubere Linien durch das trockene Blut auf ihrem Gesicht. Um ihre Augen sind schwarze Kreise vom Makeup, welches weggerieben und -geweint wurde. Ihr Körper zittert und sie versucht, unter dem Tape auf ihrem Mund ein paar Wörter zu sagen. Mac stürmt auf sie zu. Mit einem raschen Zug befreit er ihre Lippen von ihrer Gefangenschaft.

Nachdem sie nach einem vollen Atemzug geschnappt hat, schluchzt sie, „Warum?"

„Warum?" ruft Mac noch einmal und zeigt seine Waffe in meine Richtung. „Warum fragst du nicht sie!? Oder noch besser, lass uns meinen Therapeuten anrufen, oder?"

Ich zapple im Inneren und hebe meinen Kopf langsam ohne Hilfe. Endlich kann ich alles um mich herum sehen. Auf einem Stativ zu meiner Linken steht eine kleine Videokamera. Mac schreit weiterhin seine Verlobte an.

„Ich habe dir gesagt, du sollst zuhause bleiben! Bleib weg von diesem Ort, aber du wolltest nicht hören!"

„Mac," kann ich endlich flüstern. „Was hast du getan?"

Sein Kopf fällt lachend nach hinten. Das Geräusch kommt aus ihm herausgegrölt wie von einem Wahnsinnigen. Es ist laut und kommt aus seinem Bauch heraus.

„Was habe *ich* getan?" fragt er und lacht noch einmal. „Was habe *ich* getan!" das „*ich*" betont er und hebt es jedesmal hervor.

„Mac," Lorraines Stimme ist absichtlich ruhig und tief. „Deinen Therapeuten anzurufen ist keine schlechte Idee. Schau, wenn das hier mit deinem Stiefvater zu tun hat, können wi..."

„Hör auf," er unterbricht sie, bevor sie zu Ende reden kann. „Hör sofort auf!"

Mac dreht sich im Torso und verkleinert den Abstand zwischen ihren Gesichtern. „Kein weiteres Scheißwort. Verstanden?"

Lorraine nickt den Kopf wild mit geschlossenem Mund, weitere Tränen fließen an ihrem Gesicht herunter.

„Bitte tu ihr nicht weh," bettele ich.

Mac dreht seinen Kopf in einer raschen Bewegung, um mich anzuschauen. Der Rest seines Körpers ist immer noch ihr zugewendet. Seine Atmung wird schneller und ich kann sofort sehen, dass er bereit ist, all den Zorn, den er in sich aufgestaut hat, rauszulassen. Er richtet sich gerade auf, neigt seinen Kopf zu einer Seite und steckt seine freie Hand in seine Tasche.

Seine Stimme wird tiefer, sogar ruhig.

„Weißt du, sie hat recht," sagt er mir. „Mein Stiefvater war ein sehr anstrengender Mann."

„Was meinst du?" schluchze ich.

„Meine Mutter hat sich immer die besten ausgesucht."

Mein Herz rutscht mir in die Hose. So viele Dinge schießen durch meinen Kopf, dass es schwer ist, sie zu sortieren oder mich auf eins gleichzeitig zu konzentrieren. Das Bild von Mac, wie er einem Fremden das Leben rauswürgt kommt wieder zurück, doch es ist echt. Es scheint markanter, mehr wie eine Erinnerung als eine Vision.

Ich schließe meine Augen und schüttle den Kopf hin und her. Ich sehe es wieder, doch der Mann ist überhaupt nicht unbekannt; es ist Tim. Wir waren jung, Teenager und wir waren in *dem* Haus. Wir drei in Belles Zimmer. Sie ist schon tot. Das Bett ist von ihrem Blut durchtränkt.

Der Gedanke wird dann von einem anderen ersetzt. Mein Körper zittert und meine Zähne knirschen. Ich bewege sie hin und her und versuche, die unterdrückten Erinnerungen zu stoppen, während sie zu mir zurückkommen. Ich weiß nicht, ob ich da am Schlafwandeln war oder ob ich in die Art Schock gefallen bin, die solche Ereignisse all diese Jahre abwehrt. *Bin ich wirklich so psychotisch? Bin ich so krank wie die Hauptdarstellerin in meinem ersten Buch?* Ich weiß nicht mehr, was ich denken oder glauben soll.

Das ganze Ereignis geht mir durch den Kopf, ein Auszug nach dem anderen, wie ein Projektor, der mich daran erinnert, was in *der* Nacht wirklich passiert ist. Ich erinnere mich nicht daran, hingelaufen oder durch das Fenster reingeklettert zu sein. Der Teil der Nacht ist immer noch in meinem nebligen Gedankenhaufen verloren. Die Bilder fangen damit an, dass ein Licht hinter mir angemacht wird, genau wie ich es gesehen habe, als Mac gestern abend in meinem Apartment war.

Ich wusste, dass das Licht an war und es mich nicht interessiert hat. Mein Körper taut wieder vom Chloroform auf und alles fühlt sich genau gleich an. Als wäre ich nicht bei mir, aufgeregt, mich anfeuernd. Ich schaue in meine Erinnerung, als ich das Rohr in Belles Schädel ramme. Immer und immer wieder schlage ich ihr das Leben aus. Nachdem er das Rohr aus meinen Händen reißt, schüttelt er meine Schultern und schreit in mein Gesicht. Ich starre ihn emotionslos an mit einem zufriedenen Grinsen.

„Ahnia!" *Klatsch.* „Bist du da?" schreit Mac.

Ich öffne meine Augen, wieder ist meine Sicht vor Tränen verschwommen.

„Ich dachte kurz, du wärst nicht mehr bei mir."

Er hänselt mich mit einer Stimme, die wieder genauso dunkel ist wie vorher.

„Weißt du," sagt er, während er die Kamera von seinem Stativ hebt, um sie näher zu mir zu bringen. „Die Tatsache, dass wir unser Geheimnis so lange geheimgehalten haben, ist beeindruckend."

Ich entblöße meine Zähne und lüge durch eine ange-spannte Lippe. „Ich weiß nicht, was du meinst."

„Oh doch das weißt du," sagt er. „Mein Stiefvater ist endlich gestorben. Ausgerechnet an Leberversagen. Stell dir vor. Ich plane das hier seit Jahren, und jetzt, wo er mir nicht mehr mit dem Leben meiner Mutter drohen kann, kann ich den Plan *endlich* ausführen."

„Du musst damit aufhören," bettle ich.

„Nein Ahnia! *Du* musst aufhören!" Er schreit wieder, seine Stimme echot durch den Raum. „Es ist Zeit, zu bekennen, und du weißt genau, was ich meine!"

„Tu ich nicht! Ich schwöre bei Gott, ich weiß es nicht!"

„Das Monster hat mich all die Jahre mit dir verglichen. Ich hoffe, du weißt das. Er sagte immer, *,Du bist eine wertlose kleine Bitch Mackenzie. Du wirst niemals solche Eier haben wie das Mädchen, das deine Schwester umgebracht hat.'*"

Mac verschwindet hinter mir und ich halte den Atem an. Er kommt mit einem Klappstuhl zurück. Einen halben Meter vor mir und direkt neben der Kamera schmeißt er den Stuhl hin und lässt sich in ihn fallen. Lorraine schluchzt weiterhin neben uns, sagt aber kein Wort. Er kippelt mit dem Stuhl nach hinten, seine Ellbogen oben gegen die Rückenlehne gedrückt, der Schläger von seinen Händen runterbaumelnd. Ich schaue zu Lorraine rüber und bettle mit den Augen um Hilfe. Sie schaut weg und dreht ihren Kopf in die andere Richtung.

„Was hast du ihr angetan?" flüstere ich.

„Oh, Gott! Also jetzt bin *ich* derjenige mit dem Problem?"

„Sie blutet."

„Sie ist auf die blöden Treppenstufen gefallen. Ich musste sie festbinden, damit sie mich nicht ausliefern würde. Die Polizei darf nicht kommen! Noch nicht!"

„Wie meinst du, noch nicht?"

„Sag nicht, du dachtest wirklich, dass wir etwas ausrauben würden?"

Ich kneife meine Augen zu, versuchend, seinem brennenden Starren auszuweichen. Die Dunkelheit meiner Lider hilft kein bisschen, denn sobald sie geschlossen sind, kommen die Erinnerungen wieder. Sie sind echt und ich schaue von außen rein, durch meinen Kopf.

Als Tim ohne Erfolg versucht, mich wachzurütteln, stolpert ein sehr großer Mann mit extrem breiten Schultern, einem Bartschatten und einem böshaften Grinsen in Belles Raum. Er ist derjenige, der das Licht angeschaltet hat. Mit einer halbleeren Flasche Whiskey in der einen Hand und dem Kragen von Teenage-Macs Shirt in der anderen, bemüht er sich, Mac zu uns zu schubsen.

Mit einer kratzigen Stimme nuschelt er, „Siehst du, Junge, ich sagte doch, hierfür lohnt es sich, aufzustehen."

Ich hatte Mac oder einen seiner Brüder schon nicht mehr gesehen, seit wir in dem Alter waren, wo wir unsere Popel verglichen haben und gelernt haben, wie man Schnürsenkel bindet. Dieser Teenage-Mac schaut zwischen mir, Tim und seiner toten Schwester hin und her. Sie zuckt immer noch auf dem Bett. Er geht direkt zu Tim, greift seine Kehle und beginnt, ihn wild zu schütteln. Ich stehe da und schaue zu. Keine Bewegung, ich helfe meinem eigenen Bruder nicht im Geringsten. Das kranke Grinsen auf meinem verschlafenen Gesicht ist immer noch vollständig da.

Der große Mann schmunzelt. „Das reicht, Junge."

Er greift Mac wieder bei seinem Kragen und zerrt ihn von Tim weg. Tim fällt keuchend auf den Boden und fasst sich an den Hals. Nachdem er wieder zu Atem gekommen ist, stellt er sich wieder hin. Tim schaut den großen Mann oder Mac nicht einmal an, als er mit Tritten und Schwüngen versucht, der Hand des großen Mannes auszuweichen.

„Weck sie auf," befiehlt der Mann, „und verpisst euch, bevor der echte Vater aufwacht. Ich werde diese kleine Ratte hier stillhalten. Aber wenn einer von euch ein Wort sagt . . . wird deine ganze Familie dafür bezahlen, was sie getan hat."

Ich schnappe nach Luft und reiß meine Augen weit auf. Der ältere Mac starrt mich an und wartet . . . *Aber worauf?*

„Sag es einfach Ahnia. Sag der Kamera, was du getan hast."

Die Schluchzer gehen durch meinen Körper, meine Schultern zucken unkontrolliert.

„Zwinge mich nicht, das hier zu benutzen, Ahnia." Er schwingt den Schläger durch die Luft.

„Ich weiß nicht, was du meinst," Ich flüstere die kaltblütige Lüge durch meine zusammengebissenen Zähne.

„Das reicht!"

Mac steht wieder auf und verschwindet hinter mir. Diesmal ist das, was immer er über den Boden schleift, größer. Das Metall, das über das Beton gezerrt wird, ist laut und bewegt sich langsam. Mac stöhnt, die Ladung ist sehr schwer. Ich verkrampfe meine Arme in ihren Fesseln, sobald sie in

Sicht kommt. Ich schreie und bettle, aber es nützt nichts. Mac schaut nicht mal in meine Richtung, als er Tim über den Boden schleift.

„Es ist nur gerecht, Ahnia."

Er positioniert den unempfänglichen Tim in der anderen Seite des Raumes. Sie verstecken sich hinter dem Aufnahmewinkel der Kamera. Sie zeigt auf mich und nur auf mich aus einem Grund. Mac will ein Geständnis und er ist augenscheinlich dazu bereit, alles zu machen, um es zu bekommen.

„Du kannst es jetzt beenden, weißt du. Du musst es nur sagen."

„Nein!" bettle ich. „Bitte tu ihm nicht weh! Tim, wach auf! Bitte, wach auf!"

Mac lacht.

„Wirklich?" schmunzelt er, „Damit versuchst du es, ‚wach auf'?"

Mac dreht sich um, die ganze obere Hälfte seines Körpers mit dem Schläger in seiner Hand schwingend. Er kommt auf Tims Knie auf. Das *Krachen* von Tims Kniescheibe klingt durch die Luft, was die Teile von mir, die wieder fühlen können, sofort paralysiert. Ich weiß nicht, wer lauter schreit, ich oder Lorraine.

„Sag es, Ahnia!" ruft Mac über unsere schrillen Schreie. „Sag ihren Namen, oder der nächste wird auf seinem Kopf landen! Du hast mir meine Schwester weggenommen, und ich werde dir deinen Bruder wegnehmen! Du muss nur bekennen!"

Ich schüttle meinen Kopf vehement hin und her.

„Nein, bitte!" schluchze ich.

Mac hebt den Schläger in die Luft, bereit für den nächsten Hieb.

„Stop!" rufe ich. „Belle! Ihr Name war Belle!"

EPILOG

B^{zzzz...} Auf der digitalen Uhr über den Riegeln meiner Zelle steht 3:07. Es ist vier Jahre, drei Monate, zwei Wochen und fünf Tage her seit meinem Urteil. Mord ersten Grades. Weil ich zu der Zeit, als ich den Mord begangen habe, noch minderjährig war und ein psychisches Gutachten geschrieben wurde, beinhaltete mein Urteil die magischen Worte ‚mit der Möglichkeit zur Bewährung bei gutem Benehmen.‘

Heute ist der Tag. Ich habe die paar Gegenstände, die ich habe, in einen kleinen Pappkarton gepackt, welcher mir von den Wachen gegeben wurde. Der Buzzer ertönt jedesmal, wenn jemand in unserem Block die Tür geöffnet bekommt. Ich stehe vor den Riegeln, bereit, aufgeregt. Ich tippe ungeduldig mit dem Fuß.

„Also, Ahnia,“ sagt die Wache bei meiner Tür mit einer speckigen, aber starken Hand kräftig in ihre Hüfte eingestützt. „Herzlichen Glückwunsch. Bitte folge mir. Dein Bruder, Dr. Airington, wartet draußen.“

Ich gehorche ihr und folge ihr mit gesenktem Kopf. Ich

habe gelernt, dass ich nicht antworten oder reagieren sollte, auf das, was sie mir sagt. Wir laufen durch verschiedene Flure, jede Tür mit einem *bzzz* bevor sie aufgeht.

Ich halte meinen Karton gut fest und denke an die Bilder und Notizen darin. Dad hat mich so oft wie möglich auf dem Laufenden gehalten und mir alle Familienfotos gebracht, die ich wollte. Die meisten sind von Mom. In der Box sind auch verschiedene Tagebücher. Ich war beschäftigt hinter den Gittern und umklammere den Karton, als hinge mein Leben davon ab. *Ich schätze, dass meine Zukunft das irgendwie tut.*

Die Luft draußen ist kühl, erfrischend. Das Lächeln auf Tims Gesicht bestätigt, dass heute echt ist, es passiert, ich bin frei! Das Hinken in seinem Schritt erinnert mich daran, warum genau ich hier so lange bleiben musste. Als Tim seine Arme in einer festen Umarmung um mich herumklammert, bin ich froh, dass ich Dad gebeten habe, heute nicht herzukommen. Wir treffen ihn in einer Stunde im Lokal.

Ich kann es kaum erwarten, meine Zähne in echtes Essen beißen zu lassen. Lucy wird auch da sein. Ich habe sie nicht mehr gesehen, seit ich festgenommen wurde, war aber froh, all die lieblichen Sachen zu hören, die Tim mir über ihre Beziehung erzählt hat, als er mich besucht hat.

Tim begleitet mich raus und öffnet die Tür seines Jeeps. Ich staune darüber, dass er dieses alte Prachtstück immer noch fährt. Ich gerate in Versuchung, es ihm zu sagen, aber ich bin immer noch stummgeschaltet von dem Schock dieses ganzen Tages. Ich klettere rein und schaue ihm zu, wie er zur Fahrerseite humpelt. Er stemmt sich mit seinem einen guten Bein rein und hebt das andere mit etwas Bemühen rein.

„Also . . ." sagt er, sobald die Tür zu ist.

Tim starrt mich an, als wüsste ich, was er mit diesem einen Wort meint.

„Also was?" krächze ich. „Ich meine . . . danke. Danke, dass du gekommen bist."

Tränen bilden sich in meinen Augenwinkeln und versuchen, sich den Weg nach draußen zu bahnen.

„Nein, nein, nein." Er hält eine Hand in die Luft und hält mich auf, bevor ich abschweife. „Wir haben eine ganze Stunde zu fahren. Nur du und ich. Ich möchte, dass du tief durchatmest und liest."

„Ernsthaft?" frage ich, befremdet von der Bitte. „Jetzt schon? Ich meine, willst du nicht quatschen? Vielleicht über Lucy reden, ich würde supergerne hören wa—"

„Nope." Er unterbricht mich wieder. „Das können wir unser ganzes Leben noch machen. Das hier kann nicht warten. Jetzt wo du frei bist, möchte ich alles hören, was du lesen kannst, bevor du dich wieder vor dem ganzen Buch drücken kannst."

„Aber Tim . . ."

Er startet den Motor. „Lies!"

Ich seufze, meine Niederlage deutlich auf meinem Gesicht erkennbar. Ich hole die Notizbücher aus meinem Karton und öffne das Notizbuch mit der **Nummer eins** und fange an.

„Gerechtigkeit für Belle . . . Kapitel eins . . ."

Sehr geehrter Leser,

Wir hoffen, Ihnen hat es Spaß gemacht, Gerechtigkeit Für Belle zu lesen. Falls Sie einen Moment Zeit haben, hinterlassen Sie uns bitte eine Kritik auch wenn es nur eine kleine ist. Wir möchten von Ihnen hören.

Mit freundlichen Grüßen,

Didi Oviatt und das Next Chapter Team

Gerechtigkeit Für Belle
ISBN: 978-4-86750-156-6

Verlag:
Next Chapter
1-60-20 Minami-Otsuka
170-0005 Toshima-Ku, Tokyo
+818035793528

5 Juni 2021